KB004387

정신과 전문의 이영문의 시詩로 마음 치유하기

시가 내 마음에 들어오면

정신과 전문의 이영문의 시詩로 마음 치유하기

시가 내 마음에 들어오면

시 나태주, 이영문 지음

더블북

차례

2장 서툰 것이 인생이야, 틀려도 괜찮아

3장 시가 사람을 살린다

4장 자기 앞의 생이 가장 아름답다

추천의 글

오래된 행운

나태주(시인)

이영문 원장이 국립공주병원 원장으로 부임해 온 것이 2013년이었던가. 그것은 내가 공주문화원장으로 근무했던 시기의 중간 무렵일 것이다. 유독 공주는 공공 기관이 많은 고장이다. 문화원장으로서 기관장이나 외부 인사를 자주 만나는 입장이었기에 처음 이영문 원장을 만났을 때는 다수의 기관장 가운데 한 사람 정도로 만났겠지 싶다. 그러나 이분은 다른 기관장과는 사뭇 다른 면모를 지니고 있었다.

의사 출신, 그것도 정신과 의사 출신이요, 대학교 교수라 하지 않았던가. 그런데도 이분은 전혀 그런 권위적인 분위기가 아니고 다만 인간적인 면모로만 다가왔다. 자연스럽게 만남이 이어졌다. 만나면서 더욱 놀라운 것은 이 분은 이과 쪽 주제보다는 문과 쪽, 그것도 문학과 예술에 대한 관심과 함께 화제가 풍부하다는 사실이었다. 마음이 저절로 가지 않을 수 없는 일이었다.

사실 나는 나이가 들었음에도 호기심이 많은 사람이고 새로운 것에 대해서 배우고 싶은 열정이 강한 사람이다. 이영문 원장과 만나면서 나는 스스로 배우는 사람이 되었고 귀를 기울이는 사람이 되었다. 특히나 요즘 사람들의 정신적인 문제에 대해서 많은 것을 묻고 배웠다. 만날수록 흥미가 생겼고 즐거움이 더했다.

사우師友. 중국 명나라 때 사상가 이탁오李卓吾가 한 말이라고 한다. 그 내용은 '스승 같은 벗이 아니면 벗이 아니요, 벗 같은 스승이 아니면 스승이 아니다'이다. 이영문 원장이야말로 나에게 '사우'의 개념에 적확하게 어울리는 분이었다. 아니다. 우리는 서로가 사우였다. 스승이요 벗이었다는 말이다.

그렇게 10년 이상을 만났다. 그러는 동안 이영문 원장은 조금은 섭섭하게 공주병원장의 자리를 물러나, 서울시 공공보건의료재단 대표이사로 자리를 옮기기도 했고, 다시금 국립정신건강센터 센터장으로 일하기도 하다가 이제는 당신의 본업인 병원 원장과 대학교 교수로 귀환해서 생활하고 있다.

사람은 사람에 의해 변화되고 그 인생이 바뀌게 되어 있다. 그만큼 사람과 사람의 만남이 소중하다. 하지만 나이 들어 인생의 후반부에 그런 사람을 만나기는 쉬운 일이 아니다. 그런데 나는 운 좋게도 인생 후반에 좋은 사람들을 만났는데 그 첫 번째 사람이 바로 이영문 원장이다. 서양 속담에 '좋은 친구는 한 사람도 많다'란 말이 있다는데 바로 그런 친구로서의 만남이다.

이영문 원장과의 만남은 나의 시에도 나름 영향을 주었다. 애당초 나의 시적 관심과 주제는 개인적인 고백과 하소연에 치중해 있었다. 그러나 이영문 원장과 만나면서 세상의 일에 마음을 주기 시작했고 특히 육체적으로나 정신적으로 건강하지 못한 사람들에 대해 관심을 두기 시작했다.

마음이 있는 곳에 눈길이 머물고 발길이 옮겨지는 법. 나는 점점 시대의 어두운 면을 위해 내가 쓰는 시가 어떠한 일을 해야 하는가를 생각하게 되었고, 따라서 나의 시도 조금씩 변모하고 있었다. 이것은 시 쓰는 사람으로서는 작은 일이 아니고 매우 크고 소중한 일이다. 더욱이 나이 든 늙은 시인에게는 그렇다. 내가 만약 인생 후반부에 타인 감수성을 고려하는 시를 썼다면 그것은 오로지 이영문 원장의 영향력 탓이다.

이영문 원장과 만나면서 나는 시인은 정신과 의사와 별반 다른 사람이 아니란 생각을 하게 되었다. 어떻게든 마음으로 힘든 사람을 돕는 사람이 시인이란 생각을 하면서 '유명한 시인보다는 유용한 시인'이어야 하고 '사람을 살리는 시'를 써야겠다고 다짐하게 되었다. 그런 생각들은 시 작업의 새로운 방향성이 되었고 강연 제목으로 차용되기도 했다.

이렇게 이영문 원장과 만나 상호 간 영향을 주며 지내오면서 내가 일찍이 이영문 원장에게 주문하고 제안한 계획이 하나 있었다. 그것은 둘이 함께 책을 한 권 내보자는 것이었다. 아마도 만난 지 얼마 안 되어 한 제안이었으므로 지금부터 족히 10년 전의 일일 것이다. 그렇게 나의 제안을 받아들여 오늘에 나온 책이 바로 이 책이다. 더구나 이 책은 정신과 의사의 눈으로 재해석된 나의 시들이 기본이 된 책이다.

어찌 감개가 없을 것인가! 오랜 세월 동안 약속한 일을 잊지 않고 마음속에 숙제로 간직해 주신 이영문 원장께 감사드린다. 또한 이 책을 위해 뒤에서 편집 일을 맡아준 은현희 작가의 숨은 노고가 있고 애정으로 지켜보아 준 출판사 김현종 대표의 살가운 눈길도 있었다. 두루 고맙

거니와 이 책이 세상에 나가 나름 큰 몫을 해주기를 바라는 마음 간절하다.

부디 지치고 힘든 삶을 살아가는 우리의 이웃들에게 위로와 축복이 되기를 바라는 마음이다. 멀리 길 떠나는 사람들에게 지도나 안내판이 되기도 하겠지만 우선 당장은 한 발 한 발 앞으로 발을 딛는 데 용기와 도움을 보태주는 마음의 지팡이가 되기를 소망한다.

들어가는 글

운명의 시간

"글을 쓴다는 것은 자신의 강박 관념을 정리하는 것이다." 프랑스의 철학자이자 작가인 장 그르니에Jean Grenier의 말이다. 여기서 말하는 강박은 반드시 부정적 의미의 정신 병리를 뜻하는 것은 아니다. 개인적으로 나는 말보다 글이 지닌 불완전한 속성을 지적하는 편이며, 사람을 알고자 할 때 습관처럼 그들의 글보다는 말을 좇는다. 글이 그들의 생각과 감정을 적당하게 감추고 있다는 편견 탓이다. 주변을 둘러보면, 적지 않은 이들이 자신의 실제 삶과는 확연히 다른 글을 쓰며 살아가는 것을 종종 보게 된다. 하지만 따지고 보면, 그들의 모순적인 삶이 늘 문제가 되는 것은 아니다. 본질적인 것은 사실 말하기 어려운 부분이 있기 때문이다.

이러한 이유로 책을 쓰는 일은 내게 거대한 강박으로 다가왔다. 그동안 글을 쓰지 않은 것은 아니었다. 짧은 에세이나 영화에 대한 글은 물론이고, 일간지 시론도 많이 썼다. 또한 아무도 읽지 않는 두꺼운 연구보고서와 논문도 쓰고, 전문 서적의 공동 저자로도 참여했었다. 그러나 돌이켜보면 이 모든 것이 의미 있는 글쓰기와는 거리가 먼 작업이었다. 그동안 세 번의 출판계약을 일방적으로 파기한 것도 글쓰기에 대한 강박 탓이었으리라.

그런 와중에 나태주 선생님을 만나게 되었다. 선생께서는 오래된 행운이라고 나와의 만남을 말씀하시지만, 내게는 운명과도 같은 시간이었다. 사람에 대한 그리움과 사랑을 다시금 깨우쳐 주신 귀중한 시간의 연속이었다. 선생과의 만남으로 인해 나는 수시로 시에 대한 향수가 스멀스멀 올라오는 것을 느꼈다. 무엇보다 선생의 시는 삶의 지혜에서 우려낸 살아있는 언어로 가득했기에, 정신건강 전문의로서 팍팍함을 느끼던 나의 결핍을 메우기에 충분했다.

일생을 살면서 운명을 느낄 수 있는 시간이 몇 번이나 될까? 어떤 이들은 신의 계시를 받았다고도 하지만 불행히도 나에게 그런 신의 계시는 없었다. 그렇기에 운명이라는 어쩌면 지극히 인간적인 시간의 궤적 안에 나를 가둘 수 있는 행운은 아내와의 만남을 제외한다면 흔한 일이 아니었다.

이 책은 나태주 선생과 10년 동안 주고받은 시와 인생에 대한 대화를 글로 정리한 것이다. 자유롭게 만나 시간 가는 줄 모르고 나눈 말들의 흔적이기도 하다. 선생께서 주관하시는 행사에 손님 자격으로 참가하기도 했고, 내가 주관하는 행사에 선생을 초청한 적도 많았다. 우리는 선생의 말씀대로 '사우(師友)'가 되어 열 번이 넘는 토크쇼를 했지만, 한 번도 사전 질문지를 만들거나 각본을 미리 숙지한 적이 없었다. 간혹 내가 대답하기 어려운 질문을 던질 때도 선생은 전혀 주저하지 않고 진솔한 답을 내놓으시곤 하셨다. 시간이 흐를수록 선생과의 대화는 더욱 선명하게 나의 마음과 생활 전반에 스며들었다.

이 책에는 선생의 시 35편과 구광본 시인의 시 1편에 대한 나의 주관적 해석과 에피소드가 담겨 있고, 각 시와 연관된 정신건강의 단상들이 쓰여 있다. 정신질환에 대한 치료를 논하는 책이 아니기 때문에 구체적인 내용을 원하시는 독자들은 실망하실 수도 있겠다. 이것은 모든 정신 병리를 병의 증상으로만 보지 않는 나의 주관적 견해에 불과한 것이니 너그럽게 이해해 주시기를 바란다. 또한 책의 내용이 충실하지 않다면, 그것은 오롯이 나의 식견이 짧은 것이니, 선생의 시를 폄하하지 않기를 바란다.

한 권의 책을 만드는 데 많은 사람의 시간과 노력이 필요했다. 무엇보다 이 책의 시작을 말씀하시고 10년의 세월을 함께해주신 나태주 선생님에게 존경과 감사의 마음을 드린다. 또한 은현희 편집장의 무조건적인 격려가 없었다면 나는 여전히 강박에 시달리며 지금도 글 속에서 헤매고 있었으리라. 그의 노고에 다시금 감사드린다. 그리고 기한을 한참 넘긴 나를 끈기와 은근한 걱정으로 지켜준 더블북 출판사의 김현종 대표에게도 감사드린다.

많은 지인 가운데 두 분의 추천사를 받았다. 이 책과 가장 교감이 될 만한 분이기도 한 이나미 선생은 정신과 의사이면서 작가로 오랫동안 글을 써오신 분이다. 30년의 긴 인연 덕분에 부족한 나의 글에 더할 수 없는 의미를 만들어 주셨다. 또 한 분은 고선웅 연극연출가이다. 그와 15년 동안 나눈 정신건강과 연극을 통한 깊은 교감이 황송한 추천사로 이어졌다. 두 분께 다시금 감사드린다.

글을 쓰면서 많은 사람과의 만남과 헤어짐을 떠올렸

다. 지난 한 세대 동안 아내와 나의 부모, 삶의 이정표가 되어 준 은사들은 하나둘 세상을 떠나가셨다. 오랜 친구들과 동료들은 만남과 헤어짐을 반복하면서 긴 인연을 이어가고 있다. 그리운 사람들이 있는 반면에, 인연이 끊어진 만남도 더러 있다. 세월은 무심하게 흘러가고 사람은 변한다. 그 속에서 변함없는 만남을 이어가는 것은 참으로 힘이 들고, 무궁한 사랑이 오고 가야 하는 일이다.

아이들이 성장해 어른이 되는 일도 그중의 하나다. 성장과 성숙을 통해 다음 세대는 또다시 이어질 것이다. 이제 존경할 만한 어른이 되는 일이 나에게 주어져 있다.

매우 부족하지만 삶이 지치고 어려울 때, 독자들에게 이 책이 조그만 위안이 되기를 간절히 소망한다.

2024년 봄날

이영문

1장

절대적인 내 편이 있다

아무리 힘들고 외로울 때도

반드시 누군가가 옆에 있다

보이지 않는다면 다시 한번 찬찬히 둘러보라

아픔을 늘 헤아려 주는 누군가가 있다

Prologue

나태주

내 이름은 나태주
평생 동안 자동차 없어
버스 타고 택시 타고
KTX 타고 전국으로
문학 강연 다니며
사람들에게 농을 하기도 한다
이름이 나태주라서 자동차 없이도
잘 살아간다고
나태주, '나 좀 태워 주세요'
그래서 사람들이 잘 태워 준다고.

아름다운 시의 힘

그는 힘이 세다. 특별히 오른손이 더 세다. 매번 만날 때마다 해맑게 웃으시며 악수를 청하는 선생의 빈손에는 무엇과도 비교할 수 없는 힘이 느껴진다. 그의 시어처럼 우주의 기운이 담겨 있는 듯하다. 10년 전 처음 만났을 때도 그러했고 지금도 별반 달라진 게 없다. 여전히 그는 오른손의 힘으로 세상을 살아간다.

강의는 한 시간 남짓. 하지만 독자 사인회는 대개 두 시간을 훌쩍 넘기신다. 그는 늘 풀꽃을 그려준다. 사람들 이름을 일일이 불러주시며 당신만의 시어를 책머리에 써준다. 남녀노소, 장소와 계절을 가리지 않는다.

일전에 넌지시 선생께 여쭌 적이 있다.

“사인이나 해주시지, 뭐 그리 열심히 시까지 써주십니까?”

그러자 이렇게 대답하신다.

"참으로 눈물겹도록 감사한 일이 많아서 그렇지요."

어쩌면 선생의 진면목은 강의 후에 나타나는 것이리라.

오늘도 시인 나태주는 버스를 타고 공주를 떠났다가 매일 돌아오신다. 다른 도시는 늘 그를 불안하게 한다. 금강의 불빛이 보여야 비로소 마음이 놓인다고 하신다.

그리고 당신은 밤늦게까지 잠들지 않고 서툰 독수리 타법으로 그날 적어둔 시어들을 정리하신다. 그의 말씀을 빌리면, 주운 글들을 거지처럼 모아 필요할 때 잘 쓰고 있다고 한다. 위대한 시인이 하루아침에 이루어지지 않음을 나는 선생의 일상에서 매번 느끼고 있다. 이제 그의 아름다운 시에 어설픈 나의 독백을 보낸다, 감히.

선물

하늘 아래 내가 받은
가장 커다란 선물은
오늘입니다

오늘 받은 선물 가운데서도
가장 아름다운 선물은
당신입니다

당신 나지막한 목소리와
웃는 얼굴, 콧노래 한 구절이면
한 아름 바다를 안은 듯한 기쁨이겠습니다.

만남이라는 선물

2012년 어느 봄날,

광화문 네거리에 걸린 나태주 선생의 시를 처음 보았다. 단호하지만 한없이 따뜻했다. 간결하지만 더할 나위 없이 아름다웠다. 그날 이후 그리움이 오랫동안 마음속 깊은 곳에서 출렁거렸다. 만일 그때 내가 공주에 가지 않았다면 아마도 그를 만날 일은 없었을 것이다.

2013년 1월, 나는 공주의 국립병원에서 새로운 삶을 시작했다. 그해 늦가을, 우리 동네에 한 시인이 살고 있다는 어느 직원의 말을 무심코 듣는데 문득 낯익은 이름이 귀에 들어왔다.

"당장 갑시다!"

나는 직원을 재촉해 한달음에 선생을 찾아갔다.

천진난만하게 웃으시던 선생의 얼굴이 지금도 눈에 선하다. 그렇게 우리는 만났고 뜻이 맞았으며 함께 하는 동안 언제나 행복했다.

어머니 품을 닮은 금강과 계룡산, 이러한 자연이 주는 기쁨과 더불어 좋은 사람들을 만났다. 그 한가운데 나태주 선생이 계셨다.

우연을 가장한 필연은 이렇게 세상 어디에나 존재한다. 다만 그것을 우리가 보지 못할 뿐이다. 이 모든 것이 내가 받은 인생의 큰 선물이다. 그래서 나는 늘 기쁘다.

지금 눈앞에 있는 사람이 선물이다

선물은 마음을 담아 주는 물건을 말한다. 여기서 중요한 것은 '마음을 담는다'라는 추상적 의미와 나의 눈앞에 바로 보이는 물질이다. 하지만 유물론적 시각에서는 마음 또한 물질이 되는 것이니, 물질이라는 단어를 너무 세속적으로 받아들일 필요는 없다.

요즘은 사람의 마음을 뜻하는 '인정'이라는 아름다운 말이 이제 현혹되지 않아야 할 부정적 말로 둔갑 되었으니, 어찌 세상을 탓하겠는가? 선물 자체보다는 누가 언제 어떻게 주는 것인가를 따지는 세상이 되었다.

영어 단어 'present'는 선물이라는 의미 외에도, 주로 현재 시각을 나타내는 데 사용된다. 이는 과거와 미래 사이의 지금 이 순간, 즉 흘러가는 시간을 의미한다. 철학적 관점에서는 현존을 의미한다. 인간은 죽음을 향해 나아가는 존재이기에, 죽음을 맞이한 것들은 더 이상 현존하는 것이 아니다. 대신, 그것들은 실존적으로 우리 마음속에 남는다. 이러한 맥락에서 선물은 '지금' 이 순간, 우리 '마음'을 담아 전하는 현실의 물질이 된다. 그중에서도 가장 소중한 선물은 바로 사람이다. 사람은 자연 속에서 가장 빛나는 존재이다.

나태주 선생의 '선물'은 눈앞에 나타난 한 사람이다. 지금 내 눈앞에 살아서 존재하는 당신을 말한다. 온 세상을 얻은 기쁨이 시에 스며 있다. 갓 태어난 아이를 의미할 수도 있고, 사랑하는 연인의 모습일 수도 있다. 혹은 멀리 떨어져 못 보다가 극적으로 다시 만난 사람일 수도 있다. 큰 병에 걸려 고통을 이겨내고 살아난 사람도 당연히 그럴 것이다.

마음속에 오랫동안 담아둔 사람을 향한 것이 그리움이라면, 눈앞에 생생하게 보이는 사람은 선물임이 틀림없다. 현재를 사랑하고 즐기기에도 부족한 것이 인생이다.

선생께서는 세 가지 남은 시간을 잘 보내야 한다고 말씀하셨다. 오늘 저녁과 올겨울, 그리고 은퇴 후 노년기를 꼽으셨다. 아침보다 저녁을, 봄보다는 겨울을, 현역 때보다는 은퇴 후 삶을 더 중요하게 생각하고 잘 살아가야 한다는 뜻이다.

누구나 다 결핍이 있다. 선물은 그 결핍을 메워주는 작은 배려다. 스스로 채워나가기가 힘들 때 받는 선물은 나에게 큰 힘이 된다. 따듯한 말로 위로해 주고 나의 이야기를 들어 주는 것도 선물이다. 사람이 현존하기에 가능한 선물인 것이다. 전화로 하든, 메시지로 하든, 이메일로 하든, 손 편지로 하든, 만나서 얘기를 나누든 상관없다. 현재 시점에 연결된다는 것이 중요하다.

코로나 시대를 보내며 우리는 사람에 대한 그리움을 배웠다. 눈에 보이지 않는 그리움이 더 소중하다는 것을 이미 안다. 고통을 이겨낼 때 사람은 성장한다. 세상에 공짜는 없다. 하나를 잃고 나서야 비로소 또 다른 하나를 배운다. 느리고 더디지만 하나씩 겪으며 오늘 저녁과 올겨울, 은퇴 후 노년기를 살아가야 한다.

눈부신 세상

멀리서 보면 때로 세상은
조그맣고 사랑스럽다
따뜻하기까지 하다
나는 손을 들어
세상의 머리를 쓰다듬어 준다
자다가 깨어난 아이처럼
세상은 배시시 눈을 뜨고
나를 향해 웃음 지어 보인다

세상도 눈이 부신가 보다.

끌어당김의 법칙

아버지는 유복자로 태어나셨다.

아비 없이 낳은 아들을 키우는 맏며느리가 안쓰러워 집안 어른들은 할머니를 재가 보내셨다. 그런 까닭에 아버지는 부모 없이 증조할머니 손에 자라야 했다. 훗날 생모를 멀리서 바라보기만 하고 돌아섰다는 당신의 애달픈 이야기는 내게 아득한 전설처럼 전해져 들려왔다. 결핵을 앓으셨던 아버지는 1970년 시한부 선고를 받고 공주 결핵병원에 입원하셨다.

다행히 한쪽 폐를 압축시키는 대수술을 받으시고 소생하셨다. 3년 동안 나는 어머니의 손에 이끌려 아버지를 면회하러 공주에 여러 차례 병문안하였다. 그 이후로 공주에 대한 기억을 까맣게 잊고 살아왔다.

아버지가 돌아가신 후 1년 남짓 시간이 흘렀을까?

2013년 1월 국립공주병원장으로 내려가는 차 안에서 불현듯 공주에 대한 기억이 떠올랐다. 50여 년 전 아버지가 치료받았던 곳이 바로 내가 앞으로 일하게 될 곳이 되리라고 생각해 본 적이 없었는데, 그러고 보니 그곳이 바로 그 자리였다. 문득 아버지와 산책하던 공주 결핵병원의 소나무 숲이 눈앞에 선연하게 그려졌다. 수술 후 초췌했던 아버지의 얼굴과 면회실의 토스트 냄새가 스멀스멀 올라오고 있었다.

인간의 무의식은 사라지지 않는다. 우리 기억 속에 오랫동안 남아 있다가 삶의 어떤 순간에 갑자기 나타나 생각지 못한 곳으로 우리를 이끈다.

취임식에서 나는 준비해 간 원고를 덮고 아버지 이야기로 서두를 시작했다. 내 아버지를 살린 좋은 병원이니까 마음 아픈 사람들을 살리자고 했다. 그렇게 공주는 아버지의 시간과 나의 시간이 만나는 곳이 되었다. 금강의 물결이 내 마음 깊은 곳으로부터 휘몰아치기 시작했다. 세상은 강한 사랑과 그리움으로 서로를 끌어당기고 있는 세계이다. 그러므로 언제나 불가사의한 혈육의 정처럼 우연과 필연의 법칙이 적용되고 있다. 그래서 더 비밀스럽고 눈이 부시게 아름답다.

인간 생존의 필수 요소, 정신건강

우리나라에는 다섯 곳의 국립 정신병원이 있다. 공공의료가 부족한 나라에서 그나마 국민의 정신건강을 위한 기관이 다섯 곳이나 있다는 것은 참 다행스러운 일이다. 그러나 인구 5천만 명이 사는 대한민국 전체를 고려하면 그 개수는 턱없이 부족하다. 가까운 대만은 인구가 우리나라 절반에 불과하지만, 공공 정신의료기관의 수효는 두 배를 훌쩍 넘는다. 일본을 제외한다면 OECD 국가 대부분은 공공의료로 구성되어 있다.

코로나 재난 상황에서 중증 정신질환을 앓는 환자들을 보낼 곳은 국립기관밖에 없었다. 2020년 2월 19일, 코로나 감염 환자가 100명 남짓할 때 첫 사망자가 나온 곳은

민간 정신병원이었다. 연이어 13명의 추가 사망자가 모두 정신병원 입원환자였다.

사망자가 나온 바로 다음 날, 모든 국립정신병원에서는 비상 회의가 소집되었다. 기존 입원환자 모두를 퇴원시키고. 코로나 감염 정신질환자들을 치료하는 세팅으로 병원 시스템을 전환했다. 감염병에 대응한 매뉴얼에 따라 국립정신건강센터를 비롯해 국립나주병원, 국립부곡병원, 국립춘천병원, 국립공주병원의 직원들이 신속하게 움직였다. 다행히도 더 이상 중증 정신질환 사망자는 나오지 않았다. 그렇게 3년의 세월을 보냈다.

만일 국립 정신의료기관이 없었다면, 코로나 감염으로 인한 초기 사망자는 가파르게 증가했을 것이다. 이 글을 빌어 몸과 마음을 아끼지 않고 환자들을 정성껏 돌봐준 모든 국립기관 의료진에게 고마움을 전한다.

중증 정신질환은 결핵, 한센병과 함께 의료문화사의 대표적인 사회적 질병이다. 사회적 편견으로 인해 사회로부터 격리된 삶을 살아온 역사이기도 하다. 현재 결핵과 한센병은 원인이 되는 균을 발견했고, 상응한 치료제가 개발되어 있지만, 정신질환의 원인은 밝혀지지 않았다. 치료 성공률은 높아졌지만, 근본적인 치료를 할 수 없어 재발이 잦다.

따라서 정신질환을 사회 속에서 치료해야 할 필요가 있기에, 모든 나라는 지역사회 정신건강 시스템을 만들어 왔다. 우리나라 지역사회 정신건강의 역사도 그렇게 시작하였다. 1995년 최초의 정신보건법이 만들어졌고, 2016년 전면 개정된 정신건강복지법이 나왔다. 1990년대부터 경기도에서 시작된 지역사회 정신건강 사업은 이제 전국 250여 개 모든 기초단체에서 수행하는 국가 정신건강 사업이 되었다. 현재 모든 시, 군, 구에는 최소 1개 이상의 정신건강센터가 있고, 지역 주민들에 대한 정신건강 네트워크가 조직되어 있다.

정신건강에 대한 필요성이 전 세계적으로 커지고 있다. 정신질환을 앓는 사람들의 인권과 정체성에 대한 담론이 우리나라에서도 점차 증가하고 있다. 지식인과 전문가의 이론과 필요성을 넘어, 병을 앓는 당사자와 가족이 주체가 되어 정책을 결정하는 시대로 시간이 움직이고 있다. 역사의 바퀴는 쉼 없이 굴러간다.

세상의 많은 일들은 필요에 의해 존재한다. 카를 마르크스Karl Marx의 '자본론'으로 요약하자면, 존재가 사유를 결정한다. 정신건강은 인간 생존의 필수적 요소다. 어느 국가의 인권 상황을 제대로 알려면, 정신질환을 앓는 사람들을 어떻게 대우하는지를 보라고 했다. 한국은 과연 어떠한가?

그리움

가지 말라는데 가고 싶은 길이 있다
만나지 말자면서 만나고 싶은 사람이 있다
하지 말라면 더욱 해보고 싶은 일이 있다

그것이 인생이고 그리움,
바로 너다.

그리움과 외로움은 다르다

그리움과 외로움은 다르다. 정신분석 이론만으로는 구분이 어렵다.

지그문트 프로이트Sigmund Freud에게 그리움이라는 감정이 있었을까? 단언컨대 없었을 것이라고 나는 생각한다. 탁월한 역사 평론가 피터 게이Peter Gay가 쓴 이천 페이지 분량의 프로이트 전기를 열심히 읽어봐도 프로이트에게 그리움의 감정을 찾기는 어렵다.

나태주 선생의 시에는 그리움과 사랑이 곳곳마다 묻어 있다. 시적 언어로서의 그리움은 외로움을 승화시킬 때 나타난다. 성숙한 개인화 과정을 경험한 주체만이 그리움의 고유한 감정을 느낄 수 있다. 자기심리학이 기저에 깔려 있다. 고요 속의 외침을 수없이 반복한 후에 찾아내는 자기 동질감이 그리움이다. 물론 동서양의 사유 방식과 감정 표현 방식의 차이도 있겠지만, 대상의 상실을 받아들이는 과정의 마지막에 그리움이 존재한다. 우울과 외로움을 지나 그리움이 있다.

그리움은 결핍으로부터 나온다. 나의 결핍이 느껴질 때 사람이 그리워진다. 대상의 변화가 아니라, 바로 그 한 사람이어야 한다는 무조건이 사람을 아프게 하지만, 그리움은 사랑하는 존재를 향한 에너지로 작용할 수 있다. 상실 후 충분한 애도 반응을 겪은 사람들은 그리움을 안고 새로운 삶을 살아간다. 그리움의 대상을 통해 삶의 의미를 깨닫고, 자신을 사랑할 힘을 느끼기 때문이다. 사람은 그리움을 통해 새롭게 태어난다. 자연의 이치와 같다. 나태주 선생과 대담할 때 들었던 낙엽 이야기가 흥미롭다.

봄에 꽃을 피우고 오월의 푸른 잎을 지난 낙엽은 단풍이 되어 가을날 떨어진다. 이렇게 온전한 낙엽은 매우 가벼워 불에 잘 타고, 잘 썩어서 땅으로 돌아가 새로운 에너지가 된다. 그러나 푸른 잎이 가시지 않은 채 떨어진 여름날의 나뭇잎은 잘 타지 않고 썩지도 않는다고 한다. 태워야 할 것은 낙엽만이 아니다. 상실 이후의 인간의 감정이다. 외로움은 아직 태워야 할 감정이 남아 있다는 뜻이다. 그리움은 충분히 연소된 감정이어서 새로움에 대처할 준비가 되었다는 뜻이다.

세상 모든 일에는 겪어야 할 과정이 있는 법이다. 대상을 넘고, 슬픔을 넘어 그리움이 보이기 시작할 때 비로소 자기를 위로할 수 있다. 어두운 밤에는 태양보다 달빛이, 촛불 하나가 더 빛나는 법이다. 그리움이라는 감정은 캄캄한 밤에도 우리를 삶의 지혜로 이끈다.

20년 전 가족들과 오랫동안 헤어져 지내야 했던 시간이 있었다. 각자 다른 공간 속에서 살아가야 한다는 사실을 받아들이는 데에는 그리 긴 시간이 필요하지 않았다. 우리는 물리적으로 거리가 너무 먼, 완전히 다른 공간에서 머물러야 했다.

사랑하는 사람들을 멀리 떨어뜨리는 공간, 공항이 더 이상 낭만적인 장소가 아니라는 사실이 나를 더욱 슬프게 했다. 눈물이 맺히는 순간, 흐린 시야로 운전하는 것이 얼마나 위험한 일인가를 그때 처음 깨달았다. 그것은 고장 난 와이퍼를 달고 빗길을 달리는 것과 같다.

그리움은 외로움과 비슷하면서도 확연히 다른 말이다. 외로움은 혼자임을 느끼는 것이지만, 그리움은 누군가를 향하는 마음이다. 그 마음은 대상이 바뀌어도 사라지지 않는다. 그리움이라는 감정은 시간이 흐를수록 사그라지지 않고, 오히려 더 깊고 짙어진다. 그것은 마치 장마철 비처럼, 한 번 시작되면 쉽게 그치지 않는 것이다. 그리움은 애절하고도 가슴 아픈 감정으로 그것을 느끼는 순간, 우리의 마음은 더욱 넓고 깊은 세상으로 향하게 된다.

김광섭 시인의 '저녁에'라는 시에 나타난 사랑은, 별이 되어 이제는 나에게서 물리적으로 멀어진 대상이 된 사랑을 본다. 별이 되어 어디서나 볼 수 있다는 위로가 그리움을 대체한다. 마음속 깊이 팬 그리움이 객관적 대상으로 분리될 때 우리는 비로소 성장할 수 있다.

그러나 나태주 시인의 그리움은 눈으로 볼 수 있는 실체가 아니다. 별이 아닌 인생을 말한다. 그에게 그리움은 삶 그 자체이다. 그리움을 안고 우리는 늘 살아간다.

사는 동안 누군가를 그리워한다는 것은 고통이면서 축복이다. 종일 그리움으로 뒤덮인 삶이 얼마나 아픈지 기억조차 하기 싫을 때가 지금도 있다.

20년 전 겪었던 가족에 대한 그리움이 지금도 내 마음속 깊이 생채기로 남아 있다. 하지만 그때의 경험을 통해 나는 소중한 것을 다시 잃지 않겠다는 견고한 마음을 갖게 되었다. 러시아 음악을 들을 때마다 그때의 기억이 떠오른다. 캄캄한 방에 불을 켜기 싫어 머뭇거렸던 날들이 떠오른다. 밤새도록 서재의 책들을 아무렇게나 정리하던 그 밤이 생각난다.

재채기와 사랑은 숨길 수 없는 것이다. 그리움의 시작과 끝에는 사랑하는 마음이 언제나 숨겨져 있다. 그리움은 실루엣이다. 보이지 않는 시인의 그리움을 통해 우리는 자신의 그리움을 느낀다. 그렇기에 더 이상 우리는 외롭지 않다. 이것이 시의 힘이다.

어떤 대상을 사랑한다는 것은 자신에게서 빠져나간 결핍을 보는 것이다. 잃어버린 어떤 것을 찾기 위한 무의식의 흐름이 사랑일 것이다. 예를 들어, 어릴 적 부모의 사랑을 충분히 받지 못했던 사람이 성인이 되어서 부모와 같은 특성을 가진 사람에게 끌리는 것은, 그 사람이 자신의 결핍을 충족시켜 줄 것이라는 무의식적인 기대 때문일 수 있다. 이러한 관점에서 볼 때, 의학과 정신분석은 인문학과 과학이 결합한 분야라고 할 수 있다. 의학은 실천적인 인문학으로 볼 수 있다. 이는 의학이 환자의 신체적인 증상뿐만 아니라 정신적인 측면, 즉 환자의 감정과 생각, 그리고 그들의 삶의 의미를 고려해야 하기 때문이다.

한편, 정신분석은 인문학의 힘을 빌린 과학이다. 이는 정신분석이 인간의 정신과 감정, 그리고 그들의 무의식을 탐구하는 데 인문학적인 접근 방식을 사용하면서도, 그 결과를 과학적인 방법론을 통해 분석하고 검증하기 때문이다. 이런 점에서, 사랑과 같은 복잡한 인간의 감정을 이해하는 데는 인문학과 과학이 함께 작용해야 한다는 것을 알 수 있다.

나태주 시인의 아름다운 시구는 사랑의 진정한 자유를 일깨워 준다. 현실 너머 승화된 자유가 다시 사랑으로 세상에 화답한다.

자기 얼굴만큼 커다란 손수건을 가슴에 품고 난생 처음 학교라는 곳에 들어서는 아이를 보며 저절로 웃게 되는 것. 뻔한 서사와 통속적인 대사로 가득한 주말 연속극의 한 장면이 가슴에 꽂혀 반복해서 그 장면을 보게 되는 것. 아련한 기억 속에 늘 남게 되는 자신만의 아름다웠던 순간들을 잊지 않는 것. 이 모든 것은 우리가 여전히 세상과 메시지를 주고받는다는 증거다. 그리고 이것은 우리가 타인과 연결되어 있다는 것을 보여준다. 그 연결을 통해 우리는 자신을 이해하고 사랑하는 데 필요한 가치를 발견한다.

사랑은 자신을 알아가는 과정에서 시작된다. 자신을 사랑하는 사람은 다른 사람에게도 사랑을 베풀 수 있다. 왜냐하면, 타인에게서도 자신이 스스로에게서 발견한 가치를 찾아내기 때문이다. 이는 자존감이 높은 사람들이 공감 능력이 높다는 과학적인 연구 결과와도 일치한다.

귀를 기울이고 가만히 들여다보면, 세상은 사랑으로 충만하다. 그러므로 나태주 선생은 언제나 옳다. 그의 말이 옳은 것이 아니라 사랑이 옳기 때문이다. 사랑이 옳다는 것을 그가 늘 자신으로부터 보고 있기 때문이리라.

외로움에 관한 연구

영국에는 국민의 외로움을 줄이기 위한 행정 부서가 있다. 2018년 1월의 일이다.

외로움부Ministry of Loneliness는 우울증, 고독, 분노와 같은 마음의 질병을 개인 문제가 아닌 사회적 이슈로 인식하고 정부가 지역사회와 함께 책임지고 해결하겠다는 의지에서 신설되었다. 정치적 목적이 아니라, 실제 외로움에 대한 법률안을 준비하던 조 콕스Jo Cox 하원의원의 뜻을 기리는 마음이 담겼다. 그는 '외로움 협회'를 만들어 소외계층을 위한 법률안을 준비하던 중 유럽연합 탈퇴 찬반 투표 와중에 테러로 희생되었다.

영국은 외로움에 관한 사회적 문제에 관심이 높다. 전체 인구의 14%인 900만 명이 외로움을 경험하고 있으며, 심층 인터뷰에서 17~25세 청년들은 43%, 장애인은 50%, 아이를 양육 중인 부모 52%가 고립감을 경험했다고 응답하였다. 또한 외로움이 건강에 미치는 영향은 하루 담배 15개를 피우는 것과 같다고 발표되었다. 코로나 팬데믹은 독거 인구 비율의 증가와 더불어 외로움의 비율이 더 늘어난 원인이 되었다.

BBC 라디오와 맨체스터Manchester 대학에서 오만 오천 명을 대상으로 외로움에 관한 연구를 진행하였다. 이 연구는 우리가 예상하지 못했던 결과를 낳았다. 그전까지 외로움에 관한 체계적인 연구가 없었기 때문에 기존 정신의학에서 추론하던 우울, 불안, 자살 등과 같은 병적인 감정과 구별되지 못한 새로운 사실들이 발표되었다.

외로움을 가장 많이 느끼는 연령층은 의외로 노년층이 아닌 청년 세대였다. 노년층의 27%만이 외롭다고 응답했고, 청년 세대는 40%가 외롭다고 반응했다. 노년층은 노년에 이르는 동안 쌓인 경험으로 인해 외로움을 승화시키는 능력이 생겨났다고 볼 수 있다. 하지만 외로움이 모두 부정적인 감정은 아니었다. 41%는 외로움을 긍정적 삶의 방향으로 인식한 것이다. 외로움을 느껴야 다른 이들과 함께 살고, 생존을 위해 타인과 협력하게 된다는 반응이 나왔다. 또한 외로움을 겪기 때문에 사람을 찾게 된다는 응답이 많았다.

문제는 만성적인 외로움이다. 외로움이 1년 이상 지속되면 정신질환으로 병에 걸릴 확률이 높다.

자주 외로움을 느낄수록 자신을 부정적으로 본다는 응답이 많았다. 사회성이 좋다고 생각하는 사람과 그렇지 않은 사람 사이에 외로움을 느끼는 비율은 차이가 없었다. 사회성 자체는 외로움과 큰 연관성이 없다는 뜻이다. 다만 외로움을 자주 느끼는 사람은 불안감이 더 크게 나타났다. 저녁이나 추운 겨울에 더 외로워진다는 가설도 틀렸다. 외로움은 시간과 계절을 가리지 않았다.

가장 중요한 것은 외로움을 느끼는 사람이 타인에 대한 공감 수준이 높다는 것이었다. 연구는 두 종류의 공감 능력을 측정했다. 신체적 고통에 대한 공감과 사회적 고통에 대한 공감 능력을 물었을 때, 신체적 고통에 대한 것은 차이가 없었지만, 사회적 고통에 대해서는 외로움을 느끼는 사람들이 더 높은 점수의 공감 능력을 보였다.

외로움은 타인과 연결되려는 본성을 자극한다. 연결된

다는 것은 공감을 낳고 공동체를 형성하는 힘이 된다. 외로워할 줄 아는 사람이 되자. 외로움을 넘어 그리움을 간직하려는 사람이 되자.

풀꽃

자세히 보아야
예쁘다

오래 보아야
사랑스럽다

너도 그렇다.

풀꽃과 짜장면

나태주 시인의 시 '풀꽃'을 암송할 때마다 나는 뜬금없이 짜장면이 떠오르곤 한다. 짜장면은 언제 먹어도 맛깔 나는 음식이며 모든 사람이 좋아하는 최고의 메뉴다.

오랜 시간이 흘렀지만 나는 지금도 어릴 적, 길모퉁이에 자리 잡은 '동화루'라는 상호를 기억한다. 늘 단골들로 북적였던 그곳에는 가족들의 행복한 식탁이 있었고 웃음소리가 있었다. 봄날의 햇살처럼 음식점 안에는 누구에게나 동등하게 퍼져나가는 온기가 있었다.

그런 면에서 짜장면은 평등하고 공평하다. 우리 모두에게 추억이 되는 행복의 한 자락을 선사하기 때문이다. 시 '풀꽃'이 그러하듯 말이다.

그러나 정작 나태주 선생께서는 짜장면이 아닌 칼국수를 좋아하신다고 한다. 하긴 짜장면이면 어떻고, 칼국수면 어떠랴. 누구나 먹어봤고, 앞으로도 줄곧

먹을 음식들이 아닌가.

시 '풀꽃'에서는 짜장면 냄새가 난다. 돌아가신 부모님을 생각나게 하는 춘장 냄새가 풍긴다. 하지만 내가 시 '풀꽃'을 떠올린 후 느끼는 짜장면 냄새는 분명 환각이다. 그것은 나를 이롭게 하는 착한 환각이다. 내 마음에 따뜻함과 온기의 기억을 먼저 데려오기 때문이다.

풀꽃의 생명력은 짜장면의 가늘고 긴 면발을 닮았다. 시어들 사이사이에 우리 모두의 그리운 얼굴이 숨어 있다. 사랑했던 사람들을 그리워하게 만드는 것. 이제 혼자 남아 살아가야 하는 나를 돌아보게 만드는 것. 그것이 시 '풀꽃'이 지닌 치유의 힘이다. 많은 사람이 이토록 짧고 평범한 시를 사랑하는 이유이리라.

일찍이 괴테는 말했다.

"좋은 시는 어린이에게는 노래가 되고, 청년에게는 철학이 되고, 노인에게는 인생이 된다."

나는 오늘 저녁에도 ‘풀꽃’을 암송하며 자신을 스스로 위로할 줄 아는 사람들을 부러워한다. 다시 청년으로 돌아가 한 권의 시집을 의사 가운에서 꺼내, 피 묻은 손으로 책장을 넘기던 그날 저녁이 유난히 그리워진다.

시가 지닌
위대한 환각 효과

풀꽃에서 짜장면 냄새를 맡는다. 이것은 환각일까? 시와 환각이 어울리지 않는다면, 저녁노을을 바라보면서 실루엣처럼 번지는 누군가의 형상을 느낀 적은 없는가? 안개 가득한 지리산 능선에서 진달래꽃의 향기를 맡으며 시 한 구절 떠오른 적은 없을까? 오지 않을 전화를 기다리느라 스마트폰을 하루에도 몇 번씩 확인하던 기억은 없는가?

일생을 살아가면서 환각을 한 번도 경험하지 않는 사람은 없다. 겪어보고도 그걸 느끼지 못한 사람들은 환각 자체를 모를 뿐이다. 사람은 오감五感으로 살아간다. 오감을 통해 세상을 체험하고, 그 경험을 기억하고 이해한다.

그리고 때로는 그것들이 현실과는 다른 상상 속의 세계를 창조해 내기도 한다. 그것이 바로 환각이다. 이는 마치 밤하늘의 별들이 우리 눈앞에 그려내는 무한한 상상의 세계와 같다.

환각은 우리의 내면에서 오는, 우리가 느끼고 이해하는 세상에 대한 새로운 관점을 제공한다. 그것은 마치 작가가 세상에 없는 이야기를 쓰거나 화가가 낯선 기법으로 그림을 그리는 것과 같다. 또한 우리의 인식과 경험을 넘어서는 새로운 가능성을 열어준다. 우리가 세상을 이해하고 체험하는 방식을 확장해, 삶을 더 풍요롭게 만든다.

임마누엘 칸트Immanuel Kant가 살았던 시절에는 뇌 과학이라는 학문이 없었다. 칸트철학의 핵심에는 '선험적 인식'이라는 개념이 있다. 이것은 우리가 경험하기 이전에 세상을 이해하고 알아차리는 데 필요한 지식의 원리를 말한다. 이는 우리가 세상을 인식하는 과정에서 근본적인 방식을 제공한다. 이를 통해 우리는 세상에 대한 경험을 체계화하고 인간을 깊이 이해하는 방법을 배운다. 이와 비슷하게 뇌 과학에서도 뇌의 다양한 신경 회로와 패턴을 통해 정보를 처리하여 우리가 세상에 접근하는 것을 돕는다.

잠에 들기 전 혹은 잠에서 막 깨어날 때 귀에 울리는 환청은 일시적이지만 정상적이다. 일정한 시간이 지나면 금세 정상 상태로 돌아오기 때문이다. 음주 후 몽롱한 상태에서 땅이 움직이거나 사물이 흔들려 보이는 현상도 흔하다. 창문이 없는 방에서 하루를 보내고 돌아온 사람들은 환시를 경험할 수 있다.

산업 현장에서 팔다리가 잘리는 사고를 당한 환자들은 사고 이전 팔다리의 감각을 오랫동안 유지한다. 허공에 팔다리가 붙어 있는 듯이 '환상사지'를 만지고 느낀다. 이것은 인체의 신비한 능력이다. 신체에 급격한 변화가 있을 때, 항상성을 유지하려는 본능이 작용하기 때문이다. 뇌의 기능에서도 마찬가지로 항상성 원리가 작동한다. 외부 감각이 줄어들면 스스로 내부에서 감각을 만들어 항상성을 유지하려고 한다. 동안거를 마친 스님들이 겪는 환각이나 묵언 수행을 하는 성직자들이 느끼는 환각 또한 정상적이다. 어떤 경우이든, 정상적인 오감이 박탈된 상태에서 인간은 새로운 오감 체계를 만든다. 그렇게 인간은 자신을 보호하고 생존해 간다.

풀꽃에서 짜장면 냄새를 맡은 사람은 나뿐만이 아니다. 수많은 연예인이 풀꽃을 읽거나 나태주 선생의 시로부터 영감을 얻어 노래를 만들고 불렀다. 그들에게 풀꽃은 어떤 의미였을까? 가수 임영웅은 선생의 시집을 읽고 '모래 알갱이'를 작곡했고, 하윤주는 시 '황홀극치'를 정가로 불렀다. 어디 그뿐이겠는가? 김정철은 가곡으로 '들길 따라서'를 작곡했다. 그들의 감성과 선생의 시가 만든 조화가 세상을 꿈꾸게 한다.

풀꽃에서 퍼지는 깊은 향이 세상을 아름답게 만든다. 이 모든 것은 세상을 이롭게 만드는 위대한 환각이다.

나무

너의 허락도 없이
너에게 너무 많은 마음을
주어버리고
너에게 너무 많은 마음을
빼겨버리고
그 마음 거두어들이지 못하고
바람 부는 들판 끝에 서서
나는 오늘도 이렇게 슬퍼하고 있다
나무 되어 울고 있다.

당신의 어머니가 보고 있다

나태주 선생의 나무는 자연과 모성을 느낄 수 있게 해준다. 풀꽃이 나, 즉 주체라고 한다면 나무는 대상이다. 선생의 시 세계는 풀꽃과 나무가 그렇게 만나고 대비된다. 풀꽃은 아름답고 예쁘지만, 나무는 자신의 모든 것을 내어주고 아파서 울고 있다. 마치 우리를 떠나보내고 울고 있는 어머니를 닮았다.

코로나 시대를 보내며 떠나보낸 나와 아내의 두 어머니가 나무 위에서 웃고 계시다. 이제 우리가 나무가 될 차례다. 두렵지만 조심스럽게 팔을 벌리고 대지 위에 설 시간이다. 우리가 받은 사랑을 세상 밖으로 돌려보내야 할 때다. 아프지만 웃고, 마음 한구석이 허전하지만 넉넉하게 품어보려고 한다. 우리는 모두 누군가의 자식이었고, 어느덧 누군가의 부모가 되었다.

나태주 선생의 '멀리서 빈다'를 패러디해 본다.

봄이 오고 있다. 부디 아프지 말자.

이 글을 읽고 있는 지금.

만일 그대를 자기 몸과 마음처럼 걱정해 주는 사람이 있다면, 그대는 행복한 사람일 것이다. 그러나 떠오르는 사람이 없다면? 아니다 그럴 리 없다. 다시 한번 주변을 둘러보라. 반드시 멀리서라도 그대를 걱정하는 진정한 한 사람이 있다. 우리가 알지 못할 뿐. 그래서 세상은 여전히 살 만한지도 모른다.

신이 모든 곳에 있을 수 없기에

누구나 인생을 시작할 때 존재했던 첫 번째 나무는 엄마다. 아낌없이 주는 나무를 우리는 어릴 적에 이미 경험했다. 아버지는 father, 어머니는 mother. 나는 이것을 자기 심리학 시간에 아주 멀리 있는 타인, 파far 아더other와 마이my 아더other의 합성어라고 가르친다. 물론 근거 없는 나의 주장일 뿐이다. 그만큼 어머니는 우리에게 있어 최초의 타인이자, 큰 나무라는 뜻일 것이다.

한적한 시골길을 가다가 마을 입구에 서 있던 한 그루 큰 나무를 본 경험이 있을 것이다. 사람들이 낮잠을 청하기도 하고 마을 아이들이 모여 재잘재잘 떠들거나 어른들이 모여 장기나 바둑을 두며 쉬던 곳. 그곳에는 하늘을 가릴 만큼 큼지막한 그늘이 있었다. 상처받은 영혼들이 숨을 잠시 고르고 다시 길을 떠날 정도의 여유가 있다. 정신분석학에서는 그러한 환경을 어머니의 품과 같은 의미로 우리를 품어주는 환경holding environment이라고 한다. 위험이 닥치거나 마음이 지쳤을 때, 우리를 쉴 수 있게 해주는 포근한 공간이나 사람을 뜻한다.

이 개념을 정신분석에 적용한 사람은 도널드 위니컷Donald Winnicott이다. 그는 소아과 의사로 일하면서 아동 발달에 있어 신체 건강과 더불어 정신건강이 가장 소중하다는 것을 깨닫고 10년간 정신분석 수련을 받았다. 정치인이었던 아버지와 우울증에 시달리던 어머니를 지켜야 한다는 선한 동기로 시작한 공부였다. 그러나 정작 자신은 어머니와 첫 아내를 우울증으로 잃었다. 위니컷은 아이의 성장에 엄마의 존재가 가장 중요하다고 생각했고, 아이에게 적절한 위로와 변하지 않는 믿음을 제공해 주는 것이 엄마의 역할임을 강조했다.

아이가 보채는 신호에 자신의 감정을 맞추는 엄마. 적절한 충족을 줄 수 있는 엄마. 자신의 욕구를 강요하지 않는 엄마. 적절한 시간에 아이의 독립과 분리를 도와주는 엄마. 이런 엄마를 우리는 충분히 좋은 엄마good enough mother라고 한다.

신이 모든 곳에 있을 수 없기에 어머니를 만들었다는 유대인의 속담은 영원한 진리다.

모성

집에 있을 때나
밖에 있을 때나 자식은
엄마에게

길잃은 짐승이거나
배고픈 짐승이다

너 지금 어디에 있는 거니?
밥이나 먹고 다니는 거니?

아니다
아내에게 있어서는
남편도 마찬가지

당신 지금 어디 있는 거예요?
밥이나 챙겨 먹었나요?

반드시 절대적인 내 편이 있다

엄마는 아기의 첫 번째 대상이다. 아기는 어머니의 심상을 마음에 새기며 성장한다.

심상은 마음 심心과 코끼리 상象이 합쳐진 단어다. 상상력에 의해 마음속에 생겨난 이미지를 뜻한다. 옛날 옛적에는 용과 더불어 코끼리가 바로 신비한 상상의 동물이었으리라.

혼자 남겨졌을 때, 아기는 마음속 깊은 곳에 코끼리 한 마리를 생각해 낸다. 물론 그 코끼리는 엄마의 얼굴을 닮았다. 아기는 외롭다가 갑자기 마음이 편안해진다. 잠깐 까무룩 잠이 들었다가 불현듯 눈을 떠보니 엄마가 곁에 없다. 마음이 다시 불안해진다. 잠시 후 엄마가 부리나케 달려와 미안하다고 하며 아기를 안아주고 달랜다. 이제 진짜 안심이다. 모든 불안은 멀리 사라지고 얼굴에 웃음이 가득하다. 방긋 웃는 아기를 보며 엄마도 빙긋 웃는다. 이것은 정신분석 이론 중에 '투사적 동일화'라는 마음의 방어가 원초적 형태로 만들어지는 단계다. 그렇게 아기는 엄마를 마음에 새기며 성장한다.

이 시는 어머니와 아내의 모성이 겹쳐 있다. 세대를 건너 모성은 연결된다. 나에게는 네 아이의 어머니가 있었고, 세 아이의 엄마인 아내가 있다. 나태주 선생은 자신을 늙은 아이라고 칭하신다. 자신이 죽어야 어리신 어머니로 다시 태어난다고 믿으신다.

모성은 사람을 성장시킨다. 사람이 사람답게 살도록 해준다. 우리가 자신을 스스로 믿을 수 있도록 해주고, 자신을 사랑하도록 만들어 주는 것이 다 엄마의 돌봄을 통해 이루어진다. 엄마가 없는 사람에게도 누군가 엄마의 역할을 대신 해준다면 동일한 자신감이 길러진다. 엄마는 우리 인생의 처음 맞이하는 절대적 내 편이다. 이 세상을 살 때도 그렇고 저세상으로 떠날 때도 마찬가지다.

돌아가신 어머니의 마지막 고통을 옆에서 지켜보았다. 고통 속에서도 섬망이 찾아올 때면 오로지 당신의 엄마를 찾으셨다. 90세 노인의 마지막에도 엄마가 필요했던 것이다.

고백하자면, 나이가 들면서 나는 가끔 아내에게

모성을 느낀다. 내가 무엇을 하든 '조심해, 이렇게 해야지'라고 한다. 비타민을 안 챙겨 먹는다고 혼을 내기도 하고, 아이스크림 그만 먹으라고 뺏어가 버리기도 한다. 외출하려고 옷을 다 입었는데, 다시 따듯하게 챙겨 입으라고 잔소리한다. 그러면 나는 군말하지 않고 아내의 말을 따라 행동하는 것이 좋다. 대체적으로 그 말이 맞기 때문이다.

여전히 세상이 눈부시게 아름다운 것은 아내가 이제 엄마가 되었기 때문이다. 나는 다시 행복한 어린 아이가 된다.

성장과 성숙을 돕는 힘,
회복탄력성

이 세상에 혼자 성장하는 사람은 없다. 한 아이를 키워내기 위해 한 마을이 필요하다는 아프리카 속담이 있다. 호모 사피엔스가 살아남은 가장 큰 미덕은 바로 공동체의 협력이다. 알다시피 우리는 모두 아프리카의 호모 사피엔스를 조상으로 두고 있다.

사람이 아무리 힘들고 외로울 때도 반드시 누군가가 옆에 있다. 설혹 보이지 않는다면 다시 한번 찬찬히 둘러보라. 우리가 제대로 보지 못할 뿐, 언제나 넉넉하게 품어주고, 아픔을 늘 헤아려 주는 누군가가 있다. 세상이 험하고 아무도 나를 위로해 주지 않는 것 같아도 우리를 위로하는 누군가가 있다. 이런 사실을 입증해 주는 중요한 연구가 있다.

1955년부터 40년 넘게 진행된 하와이의 '카우아이Hawaii Kauai' 종단 프로젝트는 인간이 열악한 사회 환경 속에서 어떻게 성장하는가를 보여준 전설적인 연구다. 미국의 50번째 주로 편입되기 전, 카우아이섬은 3만 명 정도의 여러 인종이 모여 사는 가난한 곳이었다. 1955년에 태어난 833명의 아이가 연구 대상이었는데 모두 가난하고 교육을 제대로 받지 못한 집단이었다. 한 마디로 그곳에는 인간이 겪을 수 있는 모든 불행이 있었다. 알코올 중독자와 정신질환자가 많았고, 청소년 범죄도 만연해 있었다.

초기 20년 연구 결과는 예상대로 사회부적응, 우울증, 정신증이 연구대상자 내에서 높게 나타났다. 그러나 30년 정도 연구가 진행되었을 때, 에미 워너Emmy Werner가 연구 책임자로 오면서 새로운 사실을 발견하게 된다. 2차 세계대전의 끔찍한 전쟁의 생존자였던 그의 해석은 달랐다.

가장 열악한 연구대상자 집단의 1/3인 72명은 일반적인 환경에서 성장한 청년들에 비해 더 자신감이 넘치고 친구들과의 관계도 좋은 사회적 리더로 성장했다. 또한 학업성취도까지 뛰어났으며, 개별 인터뷰에서도 밝고 긍정적이며 사회성이 뛰어난 청년들이었다. 모두가 깜짝 놀랄 만한 결과였다. 당연히 사람들은 그들이 어려움 속에서도 잘 성장한 원인이 무엇일까를 궁금해했다. 여러 변수를 종합해도 원인을 알기는 어려웠다. 그러다 그들에게 공통점이 하나 발견되었다.

그들을 무조건 이해해 주고 감싸주는 어른이 주변에 최소한 한 명 정도는 있었다는 것이다. 부모만이 아니었다. 할아버지, 할머니, 삼촌, 이모 등의 친척들이나, 공동체 내 지도자, 목사, 혹은 학교 선생 등 누군가가 아이가 힘들 때 절대적인 도움을 주었다는 사실이 밝혀졌다. 그렇다. 잊고 있을지 몰라도, 우리의 성장에는 무조건적 사랑을 준 사람이 반드시 있다. 사랑을 배운 사람은 자신을 존중하게 되고, 타인을 사랑하고 존중하게 된다는 당위적인 추론을 제대로 입증한 연구였다.

사람에게는 회복탄력성이라 불리는 역경을 이겨나가는 원초적 능력이 있다. 부모나 가족으로부터 사랑과 신뢰를 받고 자란 사람은 당연히 이런 능력이 높다. 부모의 사랑이 절대적이지만, 상황이 그렇게 되지 못할 때도 하와이 연구를 통해 보건대 세 명 중 한 명은 올바른 성장을 할 수 있었다. 그렇다면 어린 시절 회복탄력성을 기르지 못한 사람은 영원히 그런 능력이 없을까? 그렇지 않다.

성인이 되어서도 꾸준한 노력과 훈련으로 회복탄력성이 높아진다는 연구가 많다. 자율성을 지속해서 추구하고, 새로운 경험을 얻으려는 사람은 회복탄력성이 높아진다. 원래의 회복탄력성이 높아야만 꼭 그런 것이 아니다. 또한 믿을 수 있는 사람을 찾아 상의하는 습관도 중요하다. 실용적이고 실현이 가능한 목표를 자주 세워보는 것도 회복탄력성에 도움을 준다. 새해가 시작될 때마다 우리가 다이어리를 사는 이유다.

최대한 자기가 결정하는 삶을 살도록 하라. 작은 것이라도 스스로 결정해 보라. 처음에는 서툴지만, 자꾸 익숙해지면 회복탄력성이 높아진다. 긍정적 감정이 스트레스를 줄인다는 것은 명확하다. 유머를 잃지 않는 것도 중요하다. 재미를 추구하는 삶을 살기 위해 생활인으로서 삶을 참아내는 것도 좋다.

자세히 보라. 눈에 보이지 않는 것을 볼 수 있어야 진정한 위로를 얻는다. 내 마음속에 내가 알지 못하는 성장과 회복을 향한 무의식이 존재한다. 모성으로부터 배운 회복탄력성이 우리에게 있음을 잊지 말자.

부탁

너무 멀리까지는 가지 말아라
사랑아

모습 보이는 곳까지만
목소리 들리는 곳까지만 가거라

돌아오는 길 잃을까 걱정이다
사랑아.

사람은 누구나 혼자다

우리 집 거실 한 벽에는 두 점의 시가 걸려 있다. 한 점은 '풀꽃'이고 다른 하나가 '부탁'이다. 모두 나태주 선생의 깊은 사랑이 담긴 귀한 선물이다.

선생께서는 환갑을 넘길 즈음에 매우 아프셨다고 한다. 앉아 있을 수도, 서 있을 수도 없는 복통이 찾아왔고, 토하기를 반복하셨다. 응급 수술을 여러 차례 받으셨고 입원을 6개월 이상 하셨다. 죽음의 문턱을 오갈 무렵 자신을 혼자 남겨 두고 아내가 어디로 멀리 가버리면 어떡할까, 하는 마음이 문득 들었다고 하신다. 안절부절못하는 불안이 엄습해 오면서 혼잣말로 중얼거린 것이 바로 시 '부탁'이다.

다시 어린아이가 되었다. 환갑이 지나 세 살배기 아기가 된 것이다. 어머니로부터 아내에게로 분리 불안이 옮겨왔다. 하지만 분리 불안이 있다는 것은 상대에 대해 여전히 사랑을 갈망한다는 증거다. 나를 잊지 말라는 당부이기도 하다. 어찌 36.5도의 체온을 지닌 인간이 이성만으로 살아갈 수 있겠는가. 죽기 전까지는 서로의 체온을 느껴 보고 싶은 것이다.

하지만 우리 인간은 혼자 있기 싫어 사랑하지만, 헤어지고 나면 다시 홀로 남는 삶의 여정을 반복한다. 부모와 자식, 우정, 연인, 지인 모든 인연이 만남과 헤어짐의 연속이다.

따라서 우리는 홀로 삶을 견디는 훈련이 필요하다. 그것이 인생을 잘 살아내는 방법일 것이다. 모든 사람을 사랑할 수 없듯이, 언제나 함께 살 수 없는 것이다. 언젠가 사람은 누구나 혼자가 된다. 분리 불안은 사랑하는 사람한테서 떨어져 나오는 고통 그 자체이다. 혼자 남겨진다는 두려움이 우리를 엄습한다. 그러나 결국 떠나보내야 한다. 오지 않는 전화를 더 이상 기다리지 말아야 한다.

몇 달 전, 구순을 앞두고 어머니가 돌아가셨다. 어느새 성장해 버린 아이들은 하나둘 집을 떠났다. 멀리 있는 아내의 빈자리가 크게 느껴지는 저녁, 아이패드를 켜고 만 개의 레시피를 들여다보며 오늘 저녁거리를 만들어 본다.

이제 진짜 혼자가 되었다. 새로운 분리 불안의 시작이다. 나 또한 환갑을 넘은 나이에 다시 아이가 되었다.

분리 불안을 극복해야 완전한 독립을 이룰 수 있다

사람과 사람 사이에서 흔히 느끼는 감정 중에 가장 으뜸은 분리 불안이다.

친구들과 모임이 끝난 후, 우리는 한참 동안 아쉬운 작별 인사를 나눈다. 나뿐 아니라 대부분 주변 사람도 그렇다. 한국인의 특성을 꼽으라면 아마 헤어질 때 인사를 여러 번 한다는 것도 포함될 것이다. 쉽게 끊기 어려운 집단 분리 불안이다. 각 개인의 분리 불안이 모여 집단 분리 불안을 일으키는 것이다.

사회심리학자로 살았던 에리히 프롬Erich Fromm은 분리 불안을 극복하는 것이 사랑의 목적이라고 했다. 그는 강인했던 어머니와 소심했던 아버지 사이에서 외아들로 성장했다. 미루어 짐작하건대 어머니로부터의 심리적 독립이 청년기 프롬의 가장 큰 숙제였을 것이다.

어머니와 건강하지 못한 애착 관계는 강력한 분리 불안을 일으켰고, 25세 때 정신분석을 받으며 비로소 독립할 용기를 얻었다. 그는 자신의 분석가였던 정신과 의사 프리다 라이히만Frieda Reichmann과 사랑에 빠졌고 나치 독일을 피해 미국으로 도피하였다.

그러나 이 결혼은 3년 만에 파경으로 끝났다. 한없이 따뜻했지만, 어머니보다 더 강인하고 열 살 연상이었던 프리다의 사랑이 그를 다시 불안하게 만들었다. 문제는 프리다가 아니라 프롬의 분리 불안이 해결되지 않은 것이었다.

'사랑의 기술'이라는 위대한 책을 쓴 것은 먼 훗날 그가 세 번째 결혼하고 난 뒤의 일이다. 수많은 사랑의 시행착오를 통해 분리 불안이 극복된 50대에 비로소 프롬은 어머니로부터 완전한 독립을 할 수 있었다.

혼자 있는 것을 두려워 말라. 사랑은 원한다고 얻어지는 대상이 아니다.

내가 사랑하는 것 이상을 상대에게 바라지 말라. 만남과 헤어짐에 익숙해져야 한다. 자신의 분리 불안을 직면할 용기가 필요하다. 누구나 분리 불안을 겪으며 성장한다는 평범한 진리를 받아들여야 한다.

마거릿 말러Margaret Mahler의 분리 개별화 과정은 인간이 육체의 탄생만이 아닌 심리적 탄생이 중요하다는 것을 일깨워 준다. 만 3세 이전에 일어나는 이 과정은 우리가 성인이 되어서도 인간관계에 큰 영향을 미친다.

공생관계에 있던 엄마로부터 분리를 경험하고, 대상상실이라는 위협에 직면해서 다시 사랑을 얻고, 다시 떠나가려고 시도하고, 되돌아와 마음의 안심 충전을 하는 단계를 수없이 반복해야 비로소 1차 독립이 이루어진다.

청년기에 분리 개별화 과정은 또다시 우리를 찾아온다. 성인 초기에도 마찬가지다.

인생을 통해 반복되는 이 과정은 우리를 결국 성장시킨다. 나이가 들면 저절로 생기는 것이 아니라, 끊임없이 그리고 조금씩 자신을 던져가며 배워가는 것이다.

내가 하고 싶은 것이 무엇인지 고민하라. 그것이 분리 불안을 헤쳐 나갈 첫 단추다.

나를 좋아하는 사람을 사랑의 대상으로 선택하지 말라. 내가 좋아하는 사람을 만나고, 상대방도 나를 좋아할 때 진정한 사랑이 시작되는 것이다. 부모가 나의 사랑을 싫어할 수는 있겠지만, 반대할 권리는 없다. 그것이 독립의 시작이다.

늙은 나태주

노인정에 모인 할머니들
이야기 도중
나태주가 시도 쓰냐고 말씀하신다
그런다
태권도 트로트 가수 젊은 나태주만 알고
60년 넘게 시만 쓰고 산
늙은이 나태주를
모르신 탓이다.

마이너로 산다는 것

나태주 선생은 자신이 평생을 마이너로 살았다고 말씀하셨다. 시를 쓴 것, 집이 시골인 것, 초등학교 교사로 평생을 산 것, 그리고 자동차도 없이 산 것.

하지만 그는 52년 동안 2천 편의 시를 썼고, 무려 50권의 시집을 냈다. 21세기 들어 가장 잘 팔리는 시집의 주인공이기도 하다. 물경 백만 권이 팔렸다.

그러면 이제 당신은 드디어 꿈에 그리던 메이저가 된 것일까? 아니다. 전혀 그렇지 않다. 내가 아는 한 그는 여전히 대도시가 아닌 우리가 마이너리그라 부르는 지방 소도시 공주에서 소박한 삶을 살고 있다.

십 년은 족히 넘은 자전거에 몸을 싣고, 동네 한 바퀴를 돌며, 아무 가게나 불쑥 들어가 사람들과 인사를 나눈다. 꼭 필요하지 않은 물건도 팔아주신다.

시인의 집이라는 팻말이 붙은 예쁜 집에 들어가 보면, 벽에 걸지 않은 그림과 용도를 알 수 없는 도자기로 수북하다.

“이걸 다 사셨어요?”

“예술가들은 돈을 못 벌어요. 우리끼리 사줘야 또 그림을 그리고, 도자기도 굽지요.”

자그마한 체구의 그는 분명 작은 거인이다. 동네 사람들 모두와 친하고 그들로부터 존경받는 어른이다. 당신 스스로 남을 함부로 대하지 않기에 다른 이들도 그를 덩달아 존중한다.

공주 시내에는 ‘나태주 거리’가 있고 곳곳마다 그의 사진이 도배되어 있지만, 그는 전혀 거만하지 않다.

선생의 삶을 엿보면 십 년 전까지도 어렵게 사셨다. 시 한 편 쓰기 위해 애꿎은 정의감을 불태우며 사람들과 싸우기도 하고, 울기도 하셨고, 상처도 많이 받으셨다. 결코 돈이 되지 않는 서정시를 쓰면서도 시인이라는 자존심으로 세상을 버티셨다. 진정한 자존감은 이런 것이다. 자신과의 처절한 싸움을 견디는 것이다.

인터넷 검색에서 나태주 시인은 태권도 하는 가수 나태주를 이기지 못한다. 그러나 마이너 나태주는 여전히 행복하게 살고 계시다.

오늘도 공주의 제민천 언저리를 따라 자전거를 타면서 이웃들과 인사를 하신다. 산성시장에 들러 칼국수를 드시고 주인의 얼굴이 큼지막하게 찍혀있는 사진관 앞을 지나 루치아의 뜰에서 차를 마신다.

어느 여름날, 그의 자전거 뒤에는 수박 한 통이 대롱대롱 매달려 있었다. 그리고 그 수박은 잠시 후 조각조각 나뉘어 땡볕이 내리쬐는 천변 길을 지나가던 지친 동네 사람들의 손에 하나씩 쥐여졌다. 위대한 시인이 나누어 주는 수박 한 조각은 그렇게 사람들에게 행복을 전해주었다.

사람들과 마이너의 삶을 기꺼이 나누는 그의 뒷모습에서 나는 자신감을 본다. 마당을 쓸면 우주가 깨끗해진다는 그의 시는 괜한 허풍이 아니다. 지금도 그는 자신의 앞마당을 쓸고 있다.

자존감 있는 사람이 존재감도 있다

언제부터인가 사람들은 '존재감'이라는 단어를 많이 쓴다. '존재'라는 철학적 주제가 아닌 '존재감'이라는 감정적 단어는 아직 나에게 낯설다. '미친 존재감'이라는 신조어도 있고, 심지어는 '핵존심'이라는 개그 코너도 있다. 단어와는 달리 그 뜻은 쓸데없는 자존심에 대한 비아냥으로 가득하다. 도대체 진정한 자존감이란 무엇일까?

내 생각은 이렇다. 단군 이래 가장 높은 학벌과 실력을 갖추고도 메이저로 인정받지 못한 것에 화가 난 것은 아닌가. 혹은 잘난 것도 없이 꼰대 짓으로 가득한 기성세대에 대한 항의는 아닌가. 마이너로 산다는 것은 과연 자존심이 무너지는 삶인가?

힘들게 공부하고, 치열한 경쟁을 뚫고 들어간 대학에서 독하게 살아남았지만, 매년 이자가 쌓여가는 학자금 대출을 갚기는 어렵고, 취직은 바늘구멍이며, 사회 경험은 전무하다. 하지만 어느 세대보다 고급문화를 향유하며, 자유롭게 성장한 '존재', 소위 88만 원 세대들과 MZ 세대들이다. 그들의 항변이 담긴 '존재감'이라는 용어를 탓하는 것이 아니다. 언어는 늘 그 시대를 대변한다. 존재감이 사라진 세상이라는 사실을 넌지시 일깨워 준다.

자존심이 무너진 세상에 자존감을 지켜가라는 것이 어쩌면 감정적 폭력이 될지도 모른다. 그래서 더 조심스럽다. 하지만 자존감은 메이저가 된다고 저절로 만들어지는 것이 아니다. 마이너의 삶 속에서도 자신을 끊임없이 사랑하고 존중하는 마음을 버리지 않아야 한다.

세상을 얼마든지 원망해도 좋다. 그러나 결코 자신을 원망하지 않아야 한다. 자존감이 사라진 세상에 우리를 지탱해 줄 것은 아무것도 없다.

사람은 자신을 존중하는 만큼 남을 존중할 수 있다. 마이너로 살든, 메이저로 살든 상관없다. 이 명제는 역사이고 문학이며 과학이다. 마이너들의 건투를 빈다.

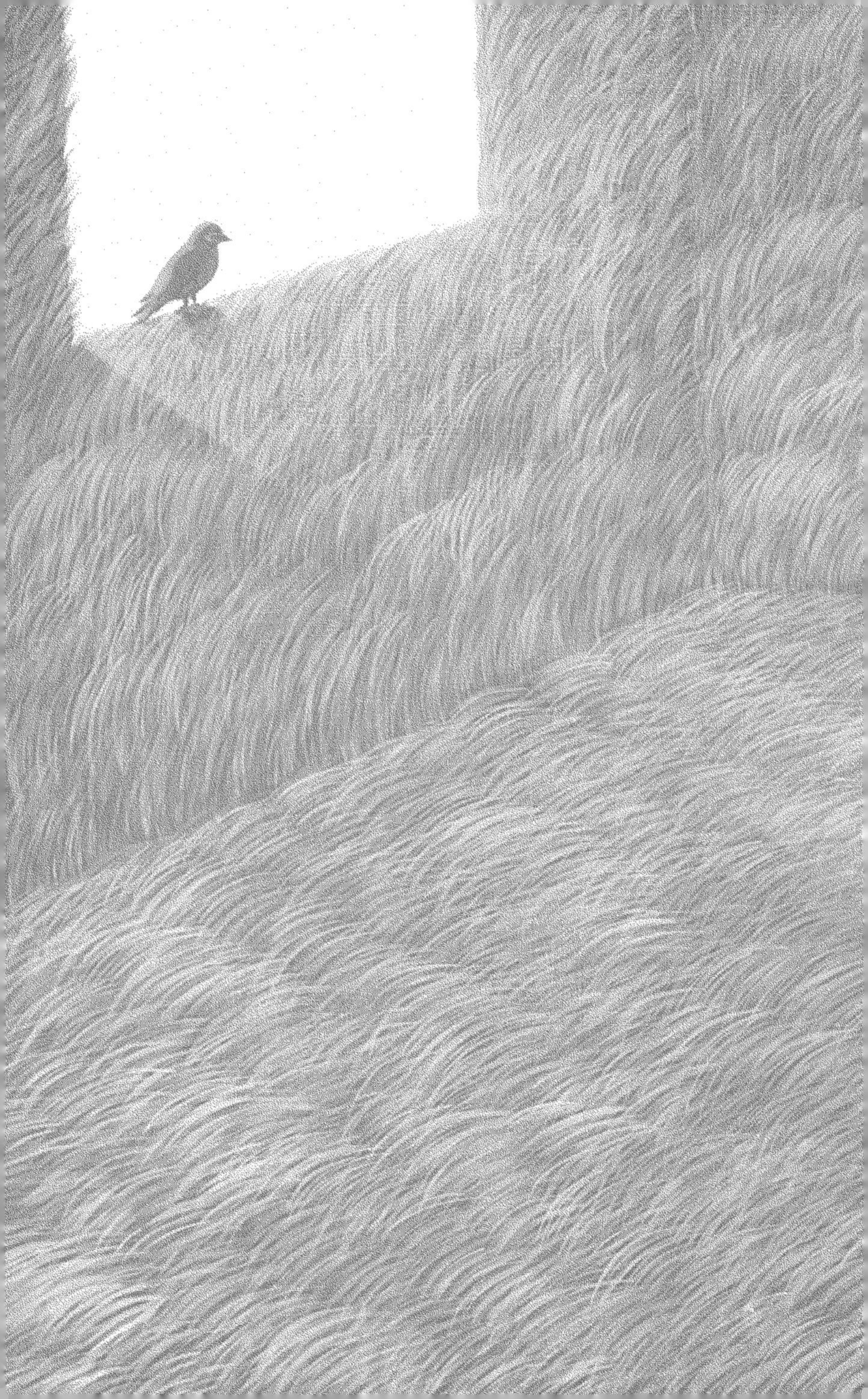

2장

서툰 것이 인생이야,
틀려도 괜찮아

걱정

만날 때마다
몸이 아픈 건 아니냐고
얼굴이 틀렸다고
말해주는 사람 있고

만날 때마다
무슨 좋은 일 있냐고
얼굴이 좋아 보인다고
말해주는 사람 있다

누가 정말 나를
생각해주는 사람일까?

오늘 캐러멜 마키아토 드셨습니까?

요즘 사람들을 만나면 대뜸 나오는 질문이 있다. 선생님은 MBTI가 뭐예요? 위아래 격식을 차리지 않는 편안한 자리에서는 예외 없이 받게 되는 질문이다. 예능 프로그램에서도 인사말처럼 서로의 성격 유형을 묻는다. 십 년 전에는 혈액형 물어보는 것이 대화의 기본으로 통했던 적이 있다. 낯선 사람이 과연 나와 잘 맞는 사람인지를 탐색해 보고 싶은 소극적인 욕망이리라. 사람들은 왜 타인의 성격이 어떤지를 살피려는 것일까? 물론 낯선 사람을 알아보려는 것은 지극히 동물적인 본능이다. 나와 같다는 것 혹은 다르다는 것은 동질감과 이질감이 동시에 느껴지는 모순된 감정이다.

나태주 선생은 시 '걱정'을 통해 사람들이 의례적으로 던지는 인사말을 짓궂게 꼬집고 있다. 누가 나를 정말 생각해 주지? 이것이 진심으로 하는 말일까?

이 시에는 진실한 인사가 없다.

그저 '식사하셨습니까?' 혹은 '다음에 커피나 한잔 할까요?'

이런 상투적 말투만큼이나 대충 던져진 말로 걱정을 주고받는다. 왜 캐러멜 마키아토나 사과주스는 안 되는 걸까? 여전히 우리 일상은 모호하고 피상적인 언어로 가득하다.

냉정하게 말하자면, 대다수 타인은 나에게 별 관심이 없다. 내가 옷을 어떻게 차려입든, 어디서 일을 하든지 그들과 깊게 연결되지 않는다면 그들은 나에게 관심이 없다. 영혼이 느껴지지 않는 말에 신경 쓸 필요는 없지 않은가? 갑자기 부고가 뜬 동창의 죽음에도 왜 죽었는지가 궁금할 뿐, 남겨진 가족들의 고통에는 대부분 관심이 없다. 그러니 균형 게임과 별 차이가 없는 MBTI 따위에 집착하지 말자.

나에게 진정 관심이 있어야 할 사람은 나 자신이다. 어제 내가 무슨 일을 겪었는지 다시 생각해 보고 오늘은 무엇을 할 것인지 고민하라. 내일 저녁거리를 떠올려 보고 주말에 다녀올 산책길에 매화가 피었는지를 살펴라. 타인의 평가에 지나치게 신경 쓰지 말고 자신의 욕망에 충실해지자.

타인의 욕망으로부터 벗어나라

50년 전, 정신분석학의 이단자로 평가받던 자크 라캉Jacques Lacan은 '인간은 타인의 욕망을 욕망한다'라는 유명한 문장을 남겼다. 사실 이 문장은 19세기 역사철학자 헤겔Hegel의 욕망 이론에서 따온 말이다. 누구의 말이든 우리가 타인의 욕망에 맞춰 정작 자신의 욕망에 충실하지 않다는 것은 무의식 측면에서 보면 맞다.

인간의 욕망은 타인이 원하는 바를 내가 대신 이룸으로써 그 타인으로부터 인정받으려는 것이다. 내가 태어나기 전부터 이 세상이 만들어 둔 어떤 틀에 맞는 언어를 쓰고 그들이 좋아하는 일을 하는 것이다. 나의 이름이 아닌 아버지의 이름으로 살아가는 것이다.

어머니의 관심사에 맞춰 살아가는 것이다.

사랑 또한 서로의 인정 욕구를 원하는 관계로 설명할 수 있다. 내가 너를 이만큼 좋아하는 것을 네가 알아주면 얼마나 좋을까. 이러한 인정 욕구는 사람과 사람 사이에서 필연적으로 일어나는 화학반응과 같은 것이다. 시작과 끝을 알 수 없는 인정 욕구는 우리가 살아가는 동안 언제나 어디서나 일어난다.

진정한 나의 욕망은 상대의 인정이 필요하지 않다. 내가 무엇인가를 좋아한다면 그것으로 충분해야 한다. 논리적으로 보자면 나의 존재만으로도 충분해야 한다.

그러나 욕망은 누군가의 언어로부터 시작한다. 아기는 처음 거울에 비친 자신을 알아보지 못한다. 엄마가 해주는 말을 통해 거울 속에 비친 귀엽고 동그란 얼굴이 자신임을 알게 된다.

우리는 평생토록 우리의 얼굴을 모른 채 살아간다. 그것이 인간에게 주어진 운명이다. 자신의 욕망을 따라가려고 해도 결코 도달하지 못한 채 생을 마감한다.

내가 좇는 욕망이 온전한 나의 것인지, 타인의 것인지를 구별하는데 많은 시간과 경험이 필요하다. 그러니 평생 타인의 관심을 좇는 일에 시간을 허비하지 않아야 한다. 똑똑한 척하는 나 자신 또한 그렇게 삶을 불태워 버렸다. 환갑을 넘긴 나이에 이제부터라도 나의 진정한 욕망을 좇아보려고 한다.

자신의 욕망에 충실한 삶은 분명 예전과는 달라질 것이다. 하늘이 더 푸르게 바뀌고 벚꽃만이 아닌 벚낙엽이 눈에 보일 것이다. 자연의 아름다움에 숭고미를 느끼던 어느 날을 나는 지금도 기억한다. 금강 물이 아침과 저녁으로 빛깔이 바뀌고, 공산성 달빛이 900년 된 나뭇가지에 걸리는 모습을 본 적도 있다. 왜 더 일찍 이런 아름다움을 느끼지 못했을까?

세상이 다르게 느껴지는 것은 분명 아름다운 환각이다. 익숙했던 자신의 일상에 조그만 변화가 일어나고 보이지 않던 것들이 보일 때, 비로소 타인의 욕망으로부터 심리적 독립은 시작된다. 문득 자신의 욕망이 거울 속에 보인다. 진정한 자존심의 시작이다.

괜찮아

괜찮아 서툴러도 괜찮아
서툰 것이 인생이란다
조금쯤 틀려도 괜찮아
조금씩 틀리는 것이 인생이란다
어찌 우리가 모든 걸
미리 알고 세상에 왔겠니!
아무런 준비도 없이
세상에 온 우리
아무런 연습도 없이
하루하루 사는 우리
경기하듯 연습을 하고
연습하듯 경기하란 말이 있단다
우리 그렇게 담담하게
하루하루 순간순간을 살자
틀려도 괜찮아
조금쯤 서툴러도 괜찮아.

서툰 것이 인생이야, 틀려도 괜찮아

의사 가운을 처음 입고 삼류 이발사처럼 병동에 하릴없이 서성이던 내게 의대생이냐고 친절하게, 조금은 안쓰럽게 물어봐 주시던 어르신이 생각난다.

말기 암 치료를 받던 그 분의 병력을 조사하고 있을 때 나를 가만히 불러 자신의 방으로 안내하며 난감한 숙제를 단번에 해결해 주셨던 분이다. 주름진 얼굴로 미소를 띠며 다정하게 물으셨다. 실습이 처음이냐고. 그러더니, 서두르지 말라고. 내가 벌써 세 번째 학생이라고 하시면서 마음의 준비가 된 듯 고개를 끄덕이셨다. 아마도 그분은 몇 명의 학생을 더 받아 주시고 이 세상을 떠나셨을 것이다.

이 시를 읽으며 많은 사람들의 얼굴이 나의 머릿속을 지나갔다.

항암 주사를 처음 놓던 날, 혈관이 터질까 불안해하는 나를 괜찮다며 안내해 주던 베테랑 간호사는 지금 어디에 계실까? 환청에 시달리면서도 친절하게 자신의 병력을 설명해 주던 환자의 병은 치유가 되었을까? 전문의가 되어 처음으로 재활치료에 성공했던 L씨는 지금도 잘 살고 계실까? 이분들이 나의 서투름을 받아주었기에 오늘의 내가 존재한다. 그것은 자명한 사실이고 또 내가 살아있는 동안 변하지 않을 진실이다.

그러니 나태주 선생의 말씀처럼 조금씩 틀리는 것이 인생임을 받아들여야 하리라. 아무런 연습 없이 살아가는 것이기에 틀려도 괜찮다. 누군가에게 익숙한 것이 나에게는 낯설고, 내가 처음부터 잘할 것이라고 믿는 사람은 별로 없다. 인생은 여러 번 반복하며 잘하는 것처럼 보이게 살아가는 것이다.

실수해도 괜찮다. 그대들의 용기가 실수보다 더 큰 법이다. 불안하지 말라고 강요하는 것만큼 어리석은 말은 없다. 우리에게 불안을 제거하는 것은 경험을 배제하고 수동적 존재로만 살아가라는 암시이기 때문이다. 실수하지 않고 사는 것보다 조금씩 고치며 살아가는 인생이 더 값지다. 그러니 남들로부터 조금만 무시당해도 터져버릴 것 같은 풍선처럼 자기를 탓하지 말자. 언제나 처음처럼 늘 그랬던 것처럼 살아 보자. 서툴지만 한 걸음 한 걸음 불안을 이겨내려고 노력하는 것이 바로 인생이다. 불안하던 사춘기, 18살 청춘의 나에게 김수영 시인은 '봄밤'이라는 시에서 속삭이듯 말했다.

"강물 위에 떨어진 불빛처럼 혁혁한 업적을 바라지 말라"

세상에 처음 나와 힘들게 몸부림치는 당신에게 똑같이 속삭여 본다.

괜찮아. 서툰 것이 인생이야. 누구나 불안하지.

틀려도 괜찮아.

끝없는 불안은 영혼을 잠식한다

인간의 본능은 낯선 환경에 대한 불안으로 시작한다. 자궁 안에서 평온한 잠을 자던 태아가 세상에 처음 나올 때, 불안이 엄습해 온다. 숨을 쉬는 순간 분만실의 찬 공기가 폐 안으로 들어온다. 저절로 울음이 터진다. 울지 않으면 태아는 죽는다. 불안의 심리가 태아를 살리는 방어기제로 작동되기 때문이다.

이렇게 시작된 불안은 삶을 마칠 때까지 우리 주변을 맴돈다. 위험을 알아차리게 하고, 낯선 사람을 경계하며, 새로운 일을 잘 마치도록 긴장의 끈을 놓지 않게 한다.

불안은 정도가 심하면 증상이 되지만, 적절하게 작동되면 우리가 안전하게 살아갈 수 있도록 돕는 안전판과 같다.

우리의 불안은 크게 두 가지로 구분할 수 있다.

첫 번째는 만족감에 대한 욕구로 인한 불안이다. 피곤하거나, 배가 고프거나, 잠을 제대로 못 잘 때 불안하다.

두 번째는 안전에 대한 욕구가 위협받을 때 우리는 불안하다. 두 가지의 욕구가 모두 충족되지 못할 때, 불안은 걷잡을 수 없이 커진다.

많은 것을 가졌음에도, 높은 지위에 올랐음에도 그리고 남들보다 뛰어난 업적을 이룩했음에도 불구하고 우리는 불안하다. 이와는 반대로 아무리 노력해도 원하는 부를 갖지 못하고, 열심히 공부했음에도 좋은 학벌을 만들지 못했으며, 그토록 열망했음에도 사랑을 얻지 못하는 사람들도 불안하기는 매한가지다.

의사 생활 첫 이십 년을 나는 비정상적으로 수행했었다.

사회적으로 성공했을지 몰라도 가족공동체의 삶은 붕괴하여 공허한 분화구를 남겼다. 너무 분주한 삶을 살아온 나머지 사랑하는 아이들의 성장을 지켜보지 못했고, 일상 속에서 아내의 사소한 아픔에 공감하지 못했으며, 중요한 경조사를 놓쳐버렸다. 정작 희로애락을 나누고 인생을 함께 보내야 할 가까운 사람들과의 빛나는 시간을 모두 돌이킬 수 없는 과거로 흘려보내고 만 것이다. 그래서 이 글을 쓰는 순간에도 뼈저린 후회로 시야가 흐려온다.

무엇보다 재능조차 나이 듦과 함께 변덕을 부리기 때문에 불안하고, 운이 따라주지 않아 더욱 불안하다. 고용주가 우리를 불안하게 하는가 하면, 그 고용주는 세계 경제의 불확실성 탓에 역시 불안해한다. 그러나 괜찮다. 누구나 불안하니까.

마음이 편하지 않다는 것. 무엇을 해도 맘에 꽉 차지 않는 나의 욕망들. 어쩌면 그것은 내가 살아있다는 증거이다. 철학에서 말하는 존재론적 불안이다. 유리알처럼 투명한 나의 자아가 우주 속으로 팽창하려는 것인지도 모른다.

그래도 불안한 그대에게 간단한 원칙 하나를 권한다.

밥을 굶으면서 혹은 밤을 새우면서 해야 할 중요한 일은 사실 세상에 별로 없다는 것이다. 남들 잘 때 같이 자고, 남들 놀 때 같이 노는 생활이 정상적이다. 끝없는 불안은 영혼을 잠식한다. 영혼이 잠식되지 않을 정도로만 살아야 한다. 부디 그대들은 밥을 굶지 말고, 밤을 새우는 인생을 살지 말라.

너무 잘하려고 애쓰지 마라

너, 너무 잘하려고 애쓰지 마라
오늘의 일은 오늘의 일로 충분하다
조금쯤 모자라거나 비뚤어진 구석이 있다면
내일 다시 하거나 내일
다시 고쳐서 하면 된다
조그마한 성공도 성공이다
그만큼에서 그치거나 만족하라는 말이 아니고
작은 성공을 슬퍼하거나
그것을 빌미 삼아 스스로를 나무라거나
힘들게 하지 말자는 말이다
나는 오늘도 많은 일들과 만났고
견딜 수 없는 일들까지 견뎠다
나름대로 최선을 다한 셈이다
그렇다면 나 자신을 오히려 칭찬해주고
보듬어 껴안아 줄 일이다
오늘을 믿고 기대한 것처럼

내일을 또 믿고 기대하라
오늘의 일은 오늘의 일로 충분하다
너, 너무 잘하려고 애쓰지 마라.

마음에 여백을 남겨라

스티브 잡스Steve Jobs는 태어나기 전부터 친부모에게서 버림을 받았다고 한다. 그가 세상에 나오기도 전에 이미 다른 가정에 입양을 결정해 버렸기 때문이다. 훗날, 이 사실을 알고 충격을 받은 잡스에게 양부모는 다정하게 말했다.

"너는 버림받은 것이 아니란다, 우리가 너를 선택한 거야."

현명하고 훌륭한 부모들이었다.

위대한 양부모가 있었지만, 잡스는 늘 불안했다. 또다시 버림받을까 봐 두려웠기 때문이다. 잡스는 잠을 설쳐가며 일에 매달렸다. 그러나 천재가 노력을 아끼지 않을 때, 자폐적인 삶과 강박적 성격이 필연적으로 따라오게 된다. 몸과 마음에 무리가 왔고 결국 췌장암으로 그는 2011년 10월 5일, 세상을 떠났다.

무엇이 잡스를 죽음으로 몰고 갔을까? 지독한 일벌레였던 그는 너무 잘하려고만 했다. 완벽에 완벽을 더한 제품을 만들었고 늘 세상의 찬사를 받고 싶어했다. 작은 약점조차 허용하지 않았다.

21세기의 가장 큰 과학 혁명은 단연코 스마트폰의 발명이다. 스마트폰은 아이폰으로부터 시작되었고, 그 중심에 잡스가 있다. 그는 늘 세상을 깜짝 놀라게 하고 싶었고, 자신을 버린 친부모들의 결정이 잘못되었음을 깨닫게 하고 싶었다고 한다. 말 그대로 존재론적 불안이었다.

너무 잘하려고 애쓰지 말자는 나태주 선생의 말씀은 당신의 인생 경험에서 나온 말이다.

2007년 생사를 오가는 중병을 앓으신 뒤, 선생의 삶은 많이 바뀌었다고 한다. 시도 군더더기가 사라지고 보다 더 간결해졌다. 결핍을 더 이상 메우려 하지 않았다. 공자의 인仁과 더불어 충서忠恕를 얘기하기 시작했다. 자신과 타인에게 성실하고 충직하게 대하고, 용서하는 마음이 생기셨다고 한다. 여기서 용서는 내 마음心이 너의 마음과 같다如는 의미를 지닌다. 타인을 위한 배려가 용서로 연결된다.

강박이 줄면, 일의 허점이 생기더라도 마음이 너그러워진다. 우울한 마음도 사라지고 여유가 생긴다.

마음 한구석에 여백이 있다는 것은 삶을 위한 자신의 여정이 느려지더라도 주변을 둘러보면서 함께 가겠다는 뜻이다.

강박에 시달리는 인생은 외롭고 우울하다. 세상이 늘 저주스럽고 마음에 드는 사람이 한 명도 보이질 않는다. 큰소리치는 자신 앞에 사람들이 잠시 엎드리지만, 아무도 그를 진정으로 사랑하지 않는다. 친구가 사라지고 충직한 잔소리꾼이 없어진다. 이제 그는 외롭고 쓸쓸한 노년을 맞게 된다.

인생 말년 어느 아침에 문득 혼자만 눈을 뜨게 되는 자신을 보며 놀라지 마라. 어제 잘 살았는지 곰곰이 생각해 보고, 이만하면 괜찮다는 답이 나오도록 지금부터라도 살면 된다. 더하기 곱하기만 하지 말고 빼기 나누기가 되는 인생도 괜찮을 것이다.

그러니 너무 잘하려고 애쓰지 말자. 오늘의 일은 오늘의 일로 충분하다. 오늘도 열심히 산 그대를 칭찬하고 잠자리에 들자.

부디 내일 해도 되는 일은 내일 하자

강박은 의미 없는 생각이나 이미지가 반복해서 떠오르는 현상이다. 자연히 부질없는 행동이 뒤따르게 된다. 하루 종일 허물이 벗겨질 정도로 손을 자주 씻거나, 외출하려고 현관문을 나설 때 가스 불을 끄지 않았을까 하는 생각에 집으로 되돌아가기를 반복한다.

강박은 결코 완전할 수 없는 인간이 완벽해지려는 환상을 가지는 과정에서 발생한다.

신경해부학이나 뇌신경과학의 발달로 인한 생물학적 견해는 여기서 생각하지 말자.

또한 강박은 지독한 자기 검열의 결과이기도 하다. 불안한 자신의 결핍을 채우기 위해 인간은 완전성에 목숨을 건다. 자신이 만든 성과에 대해 후한 점수를 매기지도 않는다. 하나의 성취는 또 다른 성공을 위한 갈증을 일으킨다.

자신을 인정하지 않다 보니 타인에 대해서도 박절하다. 조그만 결함을 발견하면 분노가 하늘을 찌른다. 상대방의 감정에는 조금도 관심이 없다. 자신에 대해 끊임없이 의심하고 조그만 실수도 용서하지 못한다. 완벽하지 못한 것은 실패라고 스스로 정의하기 때문이다. 엘리베이터 안에서 직원을 파면한 잡스의 일화는 지금까지도 회자하는 이야기다.

셰익스피어William Shakespeare의 '햄릿'은 전형적인 강박형 인간상을 보여준다. 아버지의 복수를 눈앞에 두고서도 사느냐 죽느냐의 문제로 고민한다. 권위적 인물과의 관계에서는 복종하고 두려워하지만, 자신에 대한 분노가 가득 차면 도전하려는 마음으로 바뀌게 된다. 그러나 또다시 도전하고 분노하는 자신에 대한 보복이 두려워 다시 복종하게 된다.

현대 사회가 안타까운 이유는 강박을 미덕으로 포장하는 사회적 가치 체계가 폭넓게 자리를 잡았다는 점이다. 내용보다는 형식을 중요하게 생각하고, 감정을 제대로 다스리지 않는 문화가 우리를 더욱 강박적으로 만들고 있다. 또한 과정보다 결과 중심의 직장 문화가 강박을 강요한다. 우리가 강박에 시달리는 것은 너무 완벽하게 잘하려는 마음에서부터 시작한다.

잘하겠다는 생각만 키우지 말고, 그 생각에 반드시 따라야 하는 감정을 소홀히 하지 말라. 자신을 완벽하게 포장하려고 하지 말고 불완전한 그대로 받아들이는 용기가 필요하다.

이 글을 읽는 우리 대다수는 완전한 존재도 아니고 잡스와 같은 천재는 더욱 아니다. 오히려 그게 더 다행스러운 일이다.

90년대 말, 현대인의 강박을 다룬 걸작 '이보다 더 좋을 순 없다As good as it gets'에 나오는 주인공 잭 니컬슨Jack Nicholson(극 중 '멜빈 유달')이 치유되는 과정을 생각해 보라.

이웃집 강아지를 키우게 되고, 어느 여인을 진정으로 사랑하게 되었을 때, 그는 강박증 약을 받아들이며 말한다.

> 당신은 내가 더 좋은 사람이 되도록 만들어줘요
> (You make me want to be a better man).

부디 내일 해도 될 일을 오늘 기어코 하려는 마음을 버려라. 그것이 강박으로부터 해방되는 길이다.

어린 벗에게

그렇게 너무 많이
안 예뻐도 된다

그렇게 꼭 잘하려고만
하지 않아도 된다

지금 모습 그대로 너는
충분히 예쁘고

가끔은 실수하고 서툴러도 너는
사랑스런 사람이란다

지금 그대로 너 자신을
아끼고 사랑해라

지금 모습 그대로 있어도

너는 가득하고 좋은 사람이란다.

깊은 강이 멀리 흐른다

칼레파 타 칼라Χαλεπά Τά Καλά.

소크라테스Socrates가 아름다움에 대해 내린 정의다. 진선미가 구분되지 않던 시절이었다.

참된 것은 옳은 것이고 동시에 아름다운 것이었다. 또한 아름다움은 고결한 것이다. 그리고 아름다움은 어려운 것이다. 그는 마지막에 한 문장을 덧붙인다.

지혜로운 사람이 가장 아름답다.

강남역 주변에 가장 많은 병원은 단연코 성형외과 간판을 단 곳이다. 피부과와 안과까지 합치면 소위 피. 안. 성의 바다를 이룬다. 그곳에는 예뻐지고 싶은 사람들의 욕망이 춤을 추고 있다. 이들 모두는 주위 사람들로부터 늘 주목받는 존재가 되고 싶은 것이다.

한때 '선풍기 아줌마'로 불리던 40대 여성이 계셨다. 무분별한 파라핀 주입으로 인해 얼굴이 심하게 부풀어 올랐다. 형체를 알 수 없는 모습에 많은 사람이 성형 부작용에 대한 공포심을 갖게 되었다. 날이 갈수록 그분이 겪은 정신적 고통은 극심했었고, 급기야 정신과 전문 치료를 받기에 이르렀다. 십여 년이 지난 후 그분은 결국 이른 나이에 생을 마감하게 되었다. 그러나 여전히 무분별한 성형수술은 계속 시행되고 있다.

그런데도 그렇게 너무 많이 안 예뻐도 된다는 나태주 선생의 시어는 사람들에게 공허하게만 들리는 것일까. 지금도 충분히 예쁘다는 말을 믿지 못하는 것일까. 사람이 아름다워지고 싶은 욕망은 어제오늘의 일이 아니다. 다만 육체적 아름다움에 지나치게 집착하는 것이 문제다. 지혜로운 사람은 늘상 뒷전으로 밀려난다고 생각한다.

사람들로부터 지속적으로 주목받고 싶은 마음은 우리를 초조하게 만든다. 인정에 대한 끝없는 욕구도 우리를 늘 불안하게 한다. 불안을 욕망하는 이런 모습을 히포크라테스Hippocrates는 '히스테리아Hysteria'라고 이름 지었다. 여성의 자궁을 의미하는 '히스테로'

라는 단어에서 파생된 병명이었다. 오늘날 '히스테리'는 병명보다는 마음의 상태를 설명하는 데 쓰이고 있다.

끝없이 불안한 마음이 들불 일어나듯 일상을 지배한다. 자기도 모르게 무의식의 환상을 만들고 타인과의 관계에 적용한다. 당연히 환상은 현실과 괴리된다. 스스로에 대한 만족감이 생겨나지 않는다. 타인으로부터 받는 인정이 내 위치를 결정한다는 생각에서 벗어나지 못한다. 자신을 사랑하는 만큼 인간은 타인을 사랑할 수 있다. 히스테리는 자신을 사랑하지 못한다. 사랑이라는 깊은 감정을 감당하기 어렵다. 감정보다는 감각에 치우친 삶을 산다.

깊은 강이 멀리 흐른다.

자신을 먼저 아끼고 사랑하자. 언제나 처음처럼.

참된 말이 인간을 자유롭게 한다

정신분석은 히스테리 환자들의 치료 과정에서 시작되었다. 오스트리아의 정신분석학자 프로이트가 살았던 19세기 유럽에는 히스테리 환자들이 매우 많았다.

'안나 오Anna O'는 비엔나에 살고 있던 한 유대인 부유층의 딸로 독일어, 영어, 프랑스어 등을 자유롭게 구사하는 여성이었다. 성적으로는 미숙했지만 매우 활발하고 똑똑한 여성이었다. 그녀는 어느 날부터 물을 삼키지 못하고, 오른팔이 마비되었다. 게다가 모국어로 말하지 못하게 되면서 시각장애가 일어나기도 했다. 프로이트의 선배였던, 요제프 브로이어Joseph Breuer가 안나 오의 치료를 맡았다. 브로이어는 환자에게 억눌린 감정을 표현하도록 배려하고 최면술을 동반한 치료를 지속하였다.

어느 날 안나 오가 밝게 웃으며 말했다.

"선생님. 말하기 시작하면서 증상이 없어졌어요. 이제 독일어로 말하고 물도 먹을 수 있어요. 어떻게 된 거지요? 말하는 것, 이것이 저를 모든 것으로부터 자유롭게 해줘요."

안나 오는 이를 스스로 '말하기 치료talking cure'라고 불렀다. 브로이어는 '카타르시스Catharsis 치료'라는 용어를 썼다. 프로이트는 이를 종합해 정신분석의 뼈대를 만들었다. 이것은 정신과 의사나 상담가들이 행하는 정신 치료의 근본을 이루고 있다.

정신 치료는 치료자와 내담자가 함께 써가는 시와 같다. 소설이 결코 아니다. 내담자가 장황하게 자신의 삶을 묘사할 때 치료자는 잘 듣고, 간결하게 말한다. 핵심 감정을 되짚으며 내담자와 공감을 이룬다. 이런 과정이 반복되는 것을 훈습이라고 한다. 반복해서 몸에 익힌다는 의미다.

자기 내면에 더 귀를 기울이고, 마음의 소리를 들으려고 노력하라. 참된 말을 할수록 말이 알차다. 시를 짓는다는 말은 참된 말을 하는 시간이다. 정신 치료 과정은 참된 말이 길러지는 시간이기도 하다. 인간은 말과 글을 통해 세상과 소통한다. 말과 말이 모여 아름다운 문장이 되었다. 인간이 일생을 살며 하는 말 중에 참된 말은 의외로 적다.

간결할수록 참된 말이 된다. 마크 트웨인은 말이 막힐 때는 참말을 하라고 했다. 그래서 몇 마디 하지 않아도 행복해지는 연습이 필요하다.

나태주 선생의 시는 세월이 갈수록 더 간결해지고 있다. 참된 말이 많아지기 때문이다. 빼기와 나누기가 자유롭게 문장 사이를 오간다. 참된 말이 많을수록 인간은 더 자유로워진다.

자유롭게 살아갈 수만 있다면 그대는 행복할 것이다. 주목받는 삶이면 더할 나위 없이 좋다. 하지만 그렇게 되지 않는 것이 인생이다. 그러니 가끔만 주목받고, 남는 시간은 참된 말을 짓는 연습을 하자. 그것 또한 우리의 삶이다.

떠나와서

떠나와서 그리워지는
한 강물이 있습니다
헤어지고 나서 보고파지는
한 사람이 있습니다
미루나무 새 잎새 나와
바람에 손을 흔들던 봄의 창가
눈물 반짝임으로 저물어가는
여름날 저녁의 물비늘
혹은 겨울 안개 속에 해 떠오르고
서걱대는 갈대숲 기슭에
벗은 발로 헤엄치는 겨울 철새들
헤어지고 나서 보고파지는
한 사람이 있습니다
떠나와서 그리워지는
한 강물이 있습니다.

사랑은 그리움이다

나태주 선생의 시에는 사랑에 대한 여러 가지 감정이 녹아 있다. 그중 가장 으뜸은 그리움일 것이다. 나는 그것을 쓸쓸함으로 고쳐본다. 사랑 그 자체가 미완성이기 때문에 언제나 그립고 쓸쓸한 것이다.

불쑥 이 시를 읽으며 옛 생각이 나서 아내에게 쓴 편지를 그대로 옮겨본다. 놀랍게도 내가 쓴 편지의 제목이 '나무가 강물에게'로 되어 있다. 새 천년이 시작된 어느 봄날이었다.

나무가 강물에게

2000년 5월 3일

사는 것이 때로는 코끝으로만 가는지 가끔 코가 시린 사람, 거나한 만찬을 하고도 속이 채워지지 않아 늘 허전함을 느끼던 사람, 셋이나 애를 낳고도 언제나 깃털처럼 가벼웠던 사람, 아무리 재밌는 영화를 봐도 1시간 이상 누워서 보지 못하고 잠들어 버리는 사람, 소리 내어 울기보다는 숨죽이고 우는 것이 습관이 돼버린 사람, 자동차 열쇠를 손에 들고도 어딨는지 몰라 늘 허둥대던 사람

위 조건에 한 가지라도 부합되는 사람은 이 편지를 읽으셔도 됩니다. 이 글은 안경을 고쳐 쓰고 맥주 한 잔을 마시며 읽으면 더욱 좋습니다.

오랜만에 소식을 전합니다.

불쑥 나무가 강물에게 세월에 관해 얘기하는 소리가 들려 글을 씁니다.

언제나 나무는 숲에 있어야 아름답고, 강물은 흘러가야만 그 존재가 뚜렷하게 됩니다. 또한 인간이 아름다운 이유는 회의하고 방황할 수 있는 특권이 있기 때문이지요.

회의하지 않거나 뒤를 굽어보지 못하는 사람은 앞으로만 달리다가 언젠가는 넘어지고 맙니다. 당신이 아름다운 이유는 소리 내어 울지 않으려는 절제의 미학을 갖추었기 때문이지요.

이런 아름다움에 대한 당신의 고통이 때로는 너

무 커 옆에서 지켜보는 이를 가끔 안타깝게 합니다. 그러나 산다는 것은 때로 지치고 무미건조하고 허무하기도 하지만, 존재 그 자체만으로도 의미는 충분한 것이지요.

저는 당신의 첫 모습과 지금의 모습이 놀랍도록 일치되어 있다는 것에 인간적인 경외감을 느끼곤 합니다. 20년의 세월과 세기를 넘나드는 오랜 시간 속에서도 순수함과 절제를 잃지 않고 있다는 것은 역시 사람이 희망이고 아름다움이라는 것을 다시금 깨우치게 합니다. 평안을 쉽게 찾지 않으려는 당신의 고집을 저는 존중합니다.

"나를 가르치는 건 언제나 시간. 끄덕이며 끄덕이며 겨울 바다에 섰었네."

김남조 시인의 '겨울 바다'가 우리에게 주는 메시지는 시간을 능동적으로 기다릴 수 있는 여유를 배우라는 것이겠지요.

겨울잠을 오래 잔 개구리는 새봄의 시샘 추위에 다시 땅속으로 들어가지 않는 법입니다. 그러나 이 개구리가 위대한 또 다른 이유는 잘 때와 깨어날 때를 헤아리고 있다는 것이지요. 긴 겨울잠에서 깨어날 당신을 그리며 글을 마칩니다.

25년이 지나 다시 읽어본 나의 편지가 나태주 선생의 시와 동시성을 지닌다는 사실에 깜짝 놀랐다. 선생의 시는 1989년이고, 나의 편지는 2000년이지만, 사랑의 대상을 강물에 비유한 것도 동일하다. 겨울 철새와 겨울 바다의 비유도 그러하다.

25년이 지난 지금. 여전히 아내는 강물이고 나는 나무다. 아니다. 내가 강물이 되어도 좋고 아내가 나무가 되어도 좋다. 사랑 그 쓸쓸함은 그리움으로 연결되는 거니까.

사랑이 변한 게 아니라, 사람이 변해가는 것

정신분석학에서 말하는 사랑은 특정 대상에게 모든 관심과 성적 에너지가 집중되는 현상을 의미한다. 말하자면 아기가 모든 에너지를 엄마에게 집중하며 밀착되어 있으려는 상태가 사랑의 원형이다. 그러나 집중한 에너지만큼 애착이 돌아오지 않을 때 아기는 불안해지고 막연히 좋았던 대상이 나쁜 대상으로 바뀐다. 사랑이 쉽게 미움이 되는 것이다. 이것은 프로이트 정신분석학 이론이 지닌 전형적인 성적 에너지의 경제원칙을 고수한다.

인간은 어떻게 성장하는가?

아기는 엄마와의 이원적 관계에서 사랑의 배신과 화해

를 통해 자신의 정체성을 만들어 간다. 자신의 마음속을 뒤집어 놓는 게 좋으면서도 공포스럽고 미운 이 대상이 대체 나에게 무엇이란 말인가? 그래서 사랑은 미움과 동일시되는 동전의 양면이다. 실컷 미워하다가 다시 그 대상이 그리울 때, 우리는 사랑, 그 쓸쓸함을 느낀다.

사랑이 계속되는 한 우리는 양가감정과 동일화를 반복한다. 양가감정은 동일한 대상에 대해 서로 모순되거나 반대되는 두 감정을 동시에 갖는 것을 말한다. 사랑이 모순된 것은 우리 마음의 이런 혼란 때문이다. 그래서 너를 사랑해서 슬프다는 나태주 시인의 독백은 진실이다. 사랑하기 때문에 외롭다는 말도 진실이다.

분명 사랑은 사람을 고독하게 만든다. 동일화 과정이 동반되기 때문이다. 내가 아닌 타자를 나처럼 여기는 현상이 어쩔 수 없이 생겨난다. 아기가 생존을 위해 최초로 선택한 타인이자 최초의 동일화 대상은 엄마다. 누구에게나 그러하다. 어쩔 수 없는 일이다. 이 모든 것은 사랑에 대한 무의식의 근원이 되어 평생 우리를 따라다닌다.

이유를 알 수 없는 끌림, 인식 불가능한 상태를 어떻게 설명할 수 있을까?

의식을 클래식 음악에 비유하자면, 무의식은 재즈에

가깝다. 즉흥적인 감정에 따라 상호작용이 일어나고 정해진 악보가 없기 때문이다. 마치 정형화된 도시 워싱턴 DC와 뉴욕의 대비와도 같다.

결론은 사랑이 무의식이고 담론이라는 것이다. 담론의 라틴어 어원은 'dis-cursus', 로마자 표기로는 'discourse'이다. 정해진 길을 따라가는 것이 아닌 이리저리 돌아다니는 행위를 묘사한 말이다. 따라서 사랑은 정의할 수도 없고 일정한 형태를 갖춘 것도 아니다. 모든 사랑은 각자의 담론이 있을 뿐이다. 사랑이 변하는 것이 아니라 사람이 변하는 것이다. 사랑의 본질을 따라가며 내가 변절하지 않으려고 하는 것이다.

그렇게 나는 아내와 40년째 함께 살고 있다.

사랑, 그 쓸쓸함의 근원을 여전히 알지 못한 채 그저 사랑할 뿐이다.

내가 너를

내가 너를
얼마나 좋아하는지
너는 몰라도 된다

너를 좋아하는 마음은
오로지 나의 것이요,
나의 그리움은
나 혼자만의 것으로도
차고 넘치니까……

나는 이제
너 없이도
너를 좋아할 수 있다.

원작의 의미

나태주 선생의 시는 가히 신드롬이라고 할 수 있다. 2022년 교보문고 시집 베스트셀러 순위를 보면 매우 놀랍다. 열 권의 베스트셀러 중 무려 다섯 권이 모두 선생의 시집으로 구성되어 있다. 그 중의 가장 돋보이는 시집이 바로 《꽃을 보듯 너를 본다》이다. 가장 대표적인 작품을 모아놓은 시집으로 인터넷 블로그나 트위터에서 흔히 눈에 띄는 시들이다. 지방의 작은 출판사에서 출간한 것으로 만듦새도 투박하고 그다지 세련되어 보이지도 않는다.

서두에 나오는 시인의 말이 참 재밌다. 말기의 행성인 이 지구에서 또다시 종이를 없애며 책을 내는 행위가 나무와 햇빛에 미안하다고 하신다. 자연주의 시인다운 겸손의 말씀이다. 누구도 예상하지 못한 마술 같은 일이 일어났다. 외국 판본까지 무려 백만 부가 팔린 것이다. 인문학이 사라지고 있는 우리 사회를 생각해 본다면, 더욱 이해하기 어려운 일이다. 그러나 이것은 이미 40년 전부터 예견되어 있었다. 무슨 말이냐고? 이 시집의 첫 번째 시가 바로 '내가 너를'이다. 그런데 이 시는 원래 제목이 없는 《막동리 소묘》 시집의 172번으로 호명된 연작시 중 하나였다. 1980년 10월의 일이다. 처음에 4행으로 구성되었던 시가 시인도 모르는 사이 11행으로 바뀌고 제목도 따로 붙여져 인터넷을 떠돈 것이다. 젊은 날, 그의 영혼을 담았던 시가 40년의 세월을 돌고 돌아 다시 많은 이들에게 읽힌 것이다. 시집 《막동리 소묘》를 40년 만에 다시 출판하시면서 선생은 다음과 같이 고백하신다.

세월은 흐르고 작품만 남았다. 젊은 날의 시가 있어서 참으로 다행이다.

시의 운명처럼 원작의 의미는 없어졌지만, 이 시는 많은 사람의 마음에 진정한 사랑의 의미를 남긴다. 사랑하던 대상이 눈앞에서 사라졌다고 해도, 사랑은 남는 것이니까.

사랑할수록 외로워지고 슬프다. 온전히 그 대상에

게 운명을 걸고 있기 때문이다. 조용필의 노랫말은 그때도 맞고 지금도 맞다. 나태주 선생과 가왕 조용필의 데뷔는 공교롭게도 같은 1971년이다. 두 분의 건강을 빈다.

사랑, 무의식의 선택이 지배하는 상태

정신분석학자인 앨빈 샘라드Elvin Samrad는 말했다. 사랑은 사회적으로 용납 받을 수 있는 유일한 정신병이다.Falling in love is the only socially acceptable psychosis 이것은 무슨 말일까. 사랑, 정확히 말하면 사랑에 빠진다는 것은 현실 검증 능력을 벗어난 무의식의 선택이라는 뜻이다. 이기적인 인간이 어떻게 자신보다 더 남을 아끼고 사랑할 수 있단 말인가? 사랑은 설명할 수 없는 난해한 상태다.

올바른 판단도 할 수 없고, 환상과 현실 사이에 혼란을 느낄 뿐이다. 내가 너를 사랑하는 것은 너의 모습 그 자체 때문만이 아니라, 네가 가지고 있는 나의 다른 부분을 사랑하는 것이다. 그래서 사랑이 자기애의 한 축이라는 설명은 맞다. 무의식은 나의 바깥에도 존재한다. 내가 정서적으로 의존하는 타인 속에도 존재한다.

가장 슬픈 것 중 하나는 때때로 우리가 자신보다 타인을 더 많이 사랑한다는 사실이다. 사랑하기 때문에 슬프고, 슬퍼서 더 사랑하는 것이다. 무의식은 우리의 정신 활동을 구성하는 과정에 나타나는 기억의 일부이다. 기쁨과 슬픔, 놀라움과 공감, 희미한 옛사랑의 그림자 등의 찌꺼기가 모두 용해된 복합물이다. 의식에 수용되기를 거부할 뿐 무의식은 깊은 심연을 이루며 바다에 이른다.

프로이트는 말한다. 현재의 사랑은 늘 어린 시절 어머니와 나눈 첫사랑 원형의 반복이라고. 그러나 단순한 반복이 아니다. 살면서 경험한 무수히 많은 심리적 사건이 성인이 된 우리들의 사랑을 더 복잡하고 독특한 신비로움에 이르게 한다는 사실이다.

어떤 사랑이든 그 사랑은 모두에게 혼란을 불러온다. 만일 일상의 혼란이 따르지 않는다면 그것은 사랑이 아닐 수 있다. 독일 사회학자 울리히 벡은 사랑을 다음과 같이 정의하고 있다.

> 사랑은 지독한, 그러나 지극히 정상적인 혼란이다. 모든 사랑은 두 개의 사랑으로 이루어져 있다.

나의 사랑과 너의 사랑. 나의 사랑에 대한 환상과 너의 사랑에 대한 환상이 마법을 일으켜 연애하고 결혼하고, 세상에 '그 사람'이 있음을 감사한다. 그러다가 그 환상이 감당키 어려워지면 이별하고 이혼하고, 홀로인 자신에 새삼 감사한다.

'친밀함'과 '자유'를 동시에 원하는 나는 과연 다른 누군가를 사랑할 수 있는 걸까?

그렇다. 사람들은 언제나 자신의 사랑을 완성하기 위해 살아간다. 우연과 필연이 교묘하게 짜여 있고 사랑의 마법에 걸린 사람들이 늘 그렇듯이 울고 웃고 유쾌하다가도 달콤 쌉싸름한 초콜릿처럼 서로 충돌하고, 뒤섞이며 살아간다.

'사랑한다'의 반대말은 무엇일까? 미워한다. 싫어한다. 증오한다? 아니다. '사랑한다'의 반대말은 '사랑했었다'이다. 여전히 사랑은 진행형이다. 지독한 혼란 속에 진행되는 감정의 도가니다. 그대의 빛바랜 사랑이 진심이었음을 기억하자.

보고 싶다

보고 싶다,
너를 보고 싶다는 생각이
가슴에 차고 가득 차면 문득
너는 내 앞에 나타나고
어둠 속에 촛불 켜지듯
너는 내 앞에 나와서 웃고

보고 싶었다,
너를 보고 싶었다는 말이
입에 차고 가득 차면 문득
너는 나무 아래서 나를 기다린다
내가 지나는 길목에서
풀잎 되어 햇빛 되어 나를 기다린다.

기억은 사랑보다 생명이 길다

이 시는 원래 1981년 출간된 《사랑이여 조그만 사랑이여》 시집에 수록된 연작시 중 하나였고, 당시 72번째로 발표되었다.

언제부터인지 알 수 없지만, 이 시는 40년 넘는 세월을 지나며 인터넷을 타고 독자들 사이에 소리 없이 퍼져나갔다. 이미 온라인에서는 제목이 '보고 싶다'로 바뀌어 널리 회자하고 있다. 선생께서는 절판된 이 시집을 2017년에 다시 출판하셨다. 시를 사랑하는 독자들을 위한 배려였다.

내가 이 시를 접한 것은 대중가수 양희은의 노래로부터였다.

선생과의 힐링 토크콘서트를 준비하던 2017년 어느 여름날이었다. 아이폰에 저장된 음악을 들으며 선생께 드릴 질문을 정리하면서 시집을 뒤적이고 있었다. 마침 2006년에 샀던 양희은의 35주년 앨범에서 맑은 음색의 노래가 흘러나오고 있었다.

보고 싶다. 너를 보고 싶다는 생각이. 이렇게 흥얼거리고 있을 때 아내가 말했다. 이 노래도 선생님 시 같은데? 앨범 재킷을 보여주는 아내에게 나도 모르게 소리쳤다. 뭐라고? 진짜? 소름 돋는다는 것이 아마도 이럴 때 쓰는 말일 게다. 맞았다. 10년 넘게 즐겨듣던 이 노래가 선생의 시라니. 그것도 40년 전에 발표된 시라니.

앨범에는 12번째 트랙에 '사랑이여 조그만 사랑이여'가 쓰여 있었다. 준비하던 콘서트 원고를 내려놓고 노래를 다시 틀었다. 이제 예전의 그 노래가 아닌 선생의 슬픈 얼굴이 투영된 새로운 노래가 나의 귀에 들려왔다.

힐링 콘서트 당일.

조용히 불을 끈 상태에서 나는 이 노래를 영상과 함께 청중들에게 들려주었다.

노래가 끝나갈 무렵 나는 관람석을 향해 질문을 던졌다.

"이 노랫말을 누가 지었을까요? 풀꽃 시인 나태주 선생님이십니다."

내가 묻고 답을 하면서 선생을 앞으로 모셨다. 눈

가에 촉촉함이 보였다. 무대 뒤에서부터 선생은 울고 계셨다. 그렇게 100분 가까이 콘서트가 진행되었고, 강연 말미에 나와 함께 책을 쓰고 싶다고 말씀하셨다. 게으른 나를 책망하며 긴 시간을 돌고 돌아 이제 그 책이 나오게 되었다. 이 시를 암송하거나 노래로 들을 때면, 나의 머릿속에 그날이 떠오른다. 역시 세월이 흘러도 작품은 남는다. 더 정확히는 사랑이 아니라 기억이 남는다. 기억이 사랑보다 더 슬픈 까닭이다.

> 인간은 사랑에 의해 완성된다. 사랑이 없는 곳엔 시도 없다. 시는 사랑의 한 표현 양식일 뿐이다.

1981년 발간된 오리지널 시집 서문에 선생께서 남기신 짧은 글이다. 이 작은 믿음과 소망을 지키며 오늘도 그는 시를 쓴다.

네 인생을 살아라

사랑의 기억은 어디에 저장될까? 좋은 추억보다 아픈 기억이 더 오래 간직된다고 느끼는 것은 과연 착각일까. 뇌과학이 발전함에 따라, 인간의 기억에 관한 다양하고 흥미로운 실험들이 계속해서 이루어지고 있다. 개인마다 차이는 있지만, 일반적으로 즐거운 기억에 관여하는 뇌 부위가 불쾌한 기억보다 더 많은 영역에서 활성화된다는 보고가 있다. 우리의 뇌는 정신분석학의 전제 조건 중의 하나인 경제학적 에너지 법칙을 따른다. 효율적으로 에너지를 쓰도록 설계되어 있다는 의미이다.

우리의 뇌는 상상을 초월하는 방대한 정보를 저장하고 처리하는 능력을 갖추고 있다. 그 작동 방식도 매우 합리적이다. 자주 쓰는 정보는 금방 재생될 수 있도록 기억 장치 상부에 저장한다. 생존에 필요한 정보는 상부에 위치하도록 작동한다. 반면, 생존에 도움이 되지 않는 고통스러운 기억들은 기억 장치 깊숙한 곳에 숨겨둔다.

우리는 모두 이처럼 과거에 대한 기억이 있다. 앞으로 다가올 미래에 대한 자극을 받아들이고, 경험이 집약된 기억회로 속에서 무언가를 끄집어낸다. 그러나 인간의 기억은 진실을 담고 있더라도 왜곡된 형태로 의식에 떠오른다. 프로이트는 이러한 현상을 '억압'이라는 용어로 설명했다. 기억의 왜곡이 끝없이 반복된다는 것이다.

그렇다면 사랑의 기억은 왜 숨겨지지 않고 계속 아픔으로 남는 걸까? 그것이 생존에 도움이 되기 때문인 걸까? 결과적으로 그렇다. 사람을 사랑하는 일은 실로 엄청난 에너지가 소요되는 일이다. 이성이나 논리가 작동되지 않는 상태로 자신을 내던지는 일이기 때문이다. 때로는 자신의 운명을 걸고 벌이는 전쟁 같은 일이기도 하다. 그리 길지 않은 인생에서 몇 번 경험하지 못할 정도의 막대한 에너지를 투자하는 일이다. 사랑의 에너지는 정체되어 있지 않고 시시각각 움직이는 동역학, 즉 다이내믹이다. 여전히 진행 중이고 시작과 끝을 알 수가 없다.

기억이 사랑보다 더 슬프다는 것은, 나의 존재에 대한 서사가 여전히 남아 있다는 의미이다. 사랑 그 자체보다 '사랑했었다'라는 기억이 삶의 고비마다 나를 지탱하게 하는 힘이 된다는 뜻이다. 왜냐하면 사랑의 기억에 관여하는 감정과 장소와 이야기가 생생하게 남아 있기 때문이다. 사랑의 기억은 우리를 계속해서 새롭게 살아가게 할 것이다. 그러므로 쉽게 잊으려고 애쓰지 말아야 한다. 사랑의 기억은 그리 쉽게 지워지지 않는다.

나쁜 인연과 사랑의 아픔은 다르다. 오로지 괴로움만 남긴 사랑은 진정한 사랑이 아니다.

마르셀 프루스트Marcel Proust는 장편소설《잃어버린 시간을 찾아서》를 통해 '기억은 일종의 약국이나 실험실과 유사하다. 아무렇게나 내민 손에 어떤 때는 진정제가, 때론 독약이 잡히기도 한다'라고 이야기하였다. 사랑의 기억은 우리를 성장시키는 진정제로 작용한다. 결코 독약이 아니다. '비스 타 비Vis ta vie(네 인생을 살아라)'라는 구절은 언제나 옳다.

정신분석은 기억 속에 존재하는 자신의 이야기에 관한 공부다. 인간의 무의식을 찾아가는 일은 바윗덩이의 퇴적물을 해석하는 고고학과 유사하다.

기억이 사랑보다 아프다는 명제는 나의 욕망이 여전히 깨어있음을 증명하는 일이다.

무인도

바다에 가서 며칠
섬을 보고 왔더니
아내가 섬이 되어 있었다
섬 가운데서도
무인도가 되어 있었다.

사람은 섬이다

이 시를 읽다 보면, 프랑스 철학자 장 그르니에Jean Grenier가 떠오른다. 평생 알제리에 살면서 알베르 카뮈Albert Camus에게 철학을 가르쳤고, 그의 때 이른 죽음을 누구보다 슬퍼한 스승이었다. 그르니에가 남긴 책 가운데 《섬》이 있다. 화려한 미사여구도 없고 경탄할 만한 대목도 없는 무미건조한 책이라고 해야 할까? 그런데 이상하게도 아무 곳이나 책의 한 곳을 펼쳐서 두세 장을 읽다 보면 마음이 편안해진다. 가령 이런 문장들이 곳곳에서 발견된다.

> 어떤 도시를, 어떤 짐승을 사랑하는 것과 어떤 여자를, 어떤 친구를 사랑하는 것.
>
> 우리는 머릿속으로는 이런 것을 서로 구별하려고 애쓰고, 마음속으로는 이런 것이 다 같은 것이라고 단순하게 생각한다.

개와 고양이를 구분하지 않아도 살아가는데 하등의 문제가 없는 사람이라면, 굳이 그 둘을 구분하려고 하지 않을 것이다. 그러나 우리는 여전히 종류를 구분하고 그중에서도 품종을 분류하고 색안경을 쓰고 또 차별하려고 애쓰며 살아간다.

누군가를 왜 사랑하는지 열심히 설명하는 청년이 있었다. 그에게 '사랑한다', '사랑하지 않는다'라는 구분은 개와 고양이를 구분하는 일만큼 의미가 있었다. 나이가 들어가면서도 과연 그렇게 구분할 필요가 있었을까? 우리의 일상은 바로 시간의 퇴적물이 모여 흘러가는 매트릭스다. 사소한 것을 구분하는 이유는 그것이 삶의 다른 형태이기 때문이다. 매일 비누를 바꾸어 쓰면서 달라지는 자기 얼굴을 바라보고 얼른 시간이 진화하기를 바라는 자화상을 그려볼 것이다. 이런 식으로 우리는 지나치게 사물이나 사람을 구분하려는데 시간을 쓰는지도 모르겠다. 그렇지만 삶은 이러한 자질구레한 것들이 조화롭게 연결된 실타래와도 같다. 오늘 의미가 있는 일이 내일도 의미가 있으리라는 막연함 속에 우리는 오늘을 살아간다.

그래서 우리가 누구를 사랑할 때 하는 말은 언제

나 똑같다. 바로 '당신을 사랑합니다'라는 지극히 평범한 문장이다.

1982년 어느 봄날, 복막염 수술을 받고 세브란스 병원에 입원해 있던 나에게 같은 반 친구가 병문안을 왔다. 조그맣고 앙상한 그의 손에 책 하나가 들려있었다. 바로 《섬》 초판이었다. 이 자그마한 선물을 받아 들고 삼십 분 정도 읽다 잠이 들었던 기억이 있다.

오 년의 시간이 흐른 뒤, 그 친구는 나의 아내가 되었다. 《섬》이 맺어준 깊은 인연이다. 내가 '섬'이라는 단어에 민감하게 반응하는 이유는 아마도 이런 사랑의 기억 때문일 것이다.

사람은 누구나 섬이었고, 잠시 육지와 연결되었다가 다시 섬으로 돌아간다. 가장 가까이 있는 사람에게서 섬의 향기를 느낀다. 뜻하지 않는 놀라움을 느끼곤 한다. 아니, 경외감이 더 맞는 표현이겠다.

문득 멀리 있는 아내가 보고 싶다. 나도 덩달아 섬이 되고 싶은가 보다.

인간은 혼자 있을 때 성장한다

정신분석학에서 말하는 인간 의식과 무의식의 구조는 빙산iceberg 모델이다. 물 위로 뾰족하게 드러난 부분이 의식이고 대부분의 무의식이 수면 아래 숨어 있다는 의미를 지닌다. 프로이트 이론에는 섬이 존재하지 않는다. 오로지 개인의 무의식과 욕망에 집중한다.

그러나 프로이트의 초기 제자였다가 결별해서 분석심리학이라는 독창적 이론을 발전시킨 카를 구스타프 융Carl Gustav Jung은 여러 개의 빙산이 모여 수면 위에서 섬을 이룬다는 이른바 섬 모델을 제시하였다.

섬이라고 알고 있는 부분은 개인들의 의식이다. 수면 아래 빙산들은 서로 연결되어 있다. 개인 무의식의 확장과 연결은 집단 무의식을 형성한다. 멀리서 보면 섬들은 서로 분리되어 있지만, 바닷속에서는 서로 연결돼 있다고 보는 것이다.

인간은 누구나 섬이다. 모두 특이성을 지닌 독립된 개체라는 뜻이 숨어 있다. 정현종 시인의 시 '섬'처럼 사람과 사람 사이에 섬이 있는 것이 아니라 개개인이 모두 섬이다. 섬은 바다로 둘러싸여 있는 작은 육지를 말한다. 그래서 섬의 영어는 물is과 육지land의 결합인 island가 된다. 그러니 카를 융의 이론을 빌리지 않더라도 섬과 육지를 구분하는 것은 별 의미가 없다.

혼자서 아무것도 가진 것 없이 낯선 곳에 갔을 때 우리는 섬이 된다. 익숙했던 모든 것으로부터 연결이 끊어지고, 자신을 알아주는 사람이 하나도 없어지는 경험을 하게 되면 자연스레 섬과 같은 존재가 된다. 사람들과 연결되려고 사랑도 하지만, 사랑이 깊을수록 외로움 또한 커진다. 그러면 또다시 홀로 섬이 된다.

섬은 인간 삶의 고립과 외로움을 상징하는 것이지만, 홍길동의 율도국이나 보물섬을 생각한다면 하나의 유토피아를 의미하기도 한다. 여럿이 있는 공간이 아닌 혼자만의 공간을 떠올릴 수도 있다. 수많은 문학 작품 속에 섬이 있는 이유는 분명하다. 인간은 본디 혼자 있는 것에 익숙할 때 성장하기 때문이다. 그래서 시인들은 섬을, 혼자 있음을 즐긴다.

육지와 연결되면서도 언제든지 자신의 능동적 단절을 할 수 있는 곳. 자신만의 공간을 사랑할 수 있는 능력이 우리에게 있음을 알 수 있게 하는 곳. 섬은 그러한 공간이다. 내면의 외로움은 나에게 힘을 길러주는 은밀한 시간이 된다. 그러니 혼자 있음을 두려워 말라.

지나온 세월을 되짚어 보면서 감사할 일들을 떠올려 보고 문득 떠오르는 그리운 얼굴들을 찾아보라. 미처 사랑한다는 말을 못 했던 순간도 있었으리라. 나를 사랑하는 일만큼이나 나를 용서하는 일이 더 힘들다는 것도 알게 되리라. 단언컨대 사람은 누구나 섬이 된다.

초라한 고백

내가 가진 것을 주었을 때
사람들은 좋아한다

여러 개 가운데 하나를
주었을 때보다
하나 가운데 하나를 주었을 때
더욱 좋아한다

오늘 내가 너에게 주는 마음은
그 하나 가운데 오직 하나
부디 아무 데나 함부로
버리지는 말아다오.

스스로 빛을 발하는 별이 되자

처음 이 시를 만났을 때, 선생의 시가 틀렸다고 생각했다. 자신이 가진 모든 것을 주고 나서 그 마음을 버리지 말라는 부탁이라니. 사랑은 갈구하는 것이 아니라고 생각했다. 사람의 도리를 모르는 사람에게 도를 전하지 말라고 배웠다. 또한, 함부로 버릴 사람에게 마음을 주지 말라고 자신을 담금질했었다.

정신과 의사의 길을 걸으며 착한 사람이 되지 않으려다 만만한 사람이 되었고, 만만한 사람이 되지 않으려다 악한 사람이 되는 인생을 살았다. 내가 원하는 것을 얻고자 가족들도 멀리 보내고, 헛된 명성만을 좇았던 지난날을 변명하고 싶었을지도 모른다. 하지만 세월호 침몰 사고 현장에서 만난 유족들의 간절함이 내 생각을 모두 바꾸어 버렸다. 그들의 절규 앞에서 내가 해줄 수 있는 것은 아무것도 없었다. 오로지 같이 밥을 먹고 소주 한잔 자리에 동석하는 것이 전부였다. 유가족들의 마음을 치료해야 한다는 의사의 사명감은 전혀 도움이 되지 못했다. 돌아오지 않는 자식들의 이름을 목 놓아 부르며 미처 해주지 못했던 사랑의 진혼곡을 바다에 던지는 부모들의 심정을 어떻게 내가 이해할 수 있단 말인가.

내가 틀렸다. 선생의 말씀이 맞았다. 사랑은 자신이 가진 모든 것을 던지고, 잊지 말라고 갈구하는 것이었다. 나를 똑같이 사랑해달라는 것이 아니었다. 내가 너를 사랑하는 마음을 그저 간직해달라는 것이었다. 사랑은 스스로 빛을 내는 별이다. 하늘의 수많은 별은 그 사랑의 증거다.

내가 받았던 타인의 사랑을 새삼 느껴본다. 그들의 사랑을 함부로 버린 적도 있었을 것이다. 지난 10여 년의 세월 속에 많은 사람을 떠나보냈다. 과연 나는 내가 가진 모든 것을 준 적이 있었던가.

그들에게 받은 사랑을 내가 진정으로 감사하다고 느꼈던가.

이제 내가 받았던 사랑을 세상에 돌려주어야 할 시간이다. 나를 잊지 말라고 간절히 바라며, 아낌없이 주어야 한다. 하늘의 빛나는 별에 경외감을 느끼며 평생 쾨니히스베르크를 떠나지 않았던 칸트를 생각한다. 그의 정언명령은 아마도 이런 것이리라. 아무런 조건 없이 사랑하라. 결과에 상관없이 사랑은 아름다움에 다다를 것이다.

사랑은 일상의 혁명

들국화가 1988년에 발표한 '사랑한 후에'는 번안 가요다. 원곡은 16세기 성가에서 멜로디를 가져와 알 스튜어트Al Stewart가 '베르사유 궁전'이라는 곡으로 1978년 발표했다.

그런데 두 노래의 가사는 전혀 다르다. 알 스튜어트가 부른 원곡은 제목에서 느껴지듯 프랑스 혁명의 날들을 노래한다.

> 우리 시대가 바람에 흘러가고 있어
> 왜 그럴까 베르사유의 외로운 궁전에서 메아리가 치고 있네

혁명의 원혼은 아직도 파리의 거리를 배회하고 불완전의 시대에 살고 있지!

왜 당신은 기다리는 건가?

하지만 혁명의 분위기가 절실하게 느껴지는 원곡은 한국에서 새롭게 태어난다.

찢어지게 가난했던 어린 시절, 가족을 위해 고생만 하다가 돌아가신 어머니를 생각하며 들국화의 보컬 전인권은 이 노래를 완전히 다르게 해석한다.

긴 하루 지나고 언덕 저편에 빨간 석양이 물들어 가면 놀던 아이들은 아무 걱정 없이 집으로 하나둘씩 돌아가는데

나는 왜 여기 서 있나 저 석양은 나를 깨우고 밤이 내 앞에 다시 다가오는데

창법은 귀를 찌르고 가사는 더 구성지다. 절규에 가까운 노래를 듣다 보면, 이 노래가 왜 '사랑한 후에'라는 제목이 붙었는지 이해하기 어렵다. 그러나 다시 생각해 보라.

혁명은 자신의 삶을 바꾸는 것이다. 내가 바뀌지 않는다면 세상은 절대로 바뀌지 않는다. 프랑스 혁명을 노래

한 것이, 한국에 와서 사랑의 혁명으로 바뀐 것이다. 사랑 전후로 내가 바뀐 것이다. 그래서 사랑은 혁명이다. 부모의 사랑으로 내가 바뀌었고, 연인과의 사랑으로 나의 삶이 변한 것이다. 그래서일까? 가창력 뛰어난 가수들이 이 노래를 참 많이 불렀다. '나는 가수다'에서 한영애가 불렀고, '미스터리 듀엣'에서는 박완규와 박기영이 이 노래를 함께 부르면서 울부짖는다. 또한 들국화 헌정 앨범에서는 故 신해철이, '불후의 명곡'에서는 조장혁도 부르고 임태경도 불렀다. 삶을 온통 밀어 넣은 사랑을 노래한다,

그러다 보니 왕자웨이 감독의 '중경삼림'에 이런 대사가 마음에 들어온다. 사랑한 후에는 조깅을 한다. 몸에서 수분이 빠져나가 눈물이 잘 나지 않기 때문이라고.

나태주 선생은 오랫동안 변함없이, 아낌없이 주는 것이 사랑이라고 답하고 있다. 아가페로서의 사랑이든, 에로스적인 사랑이든 상관없다. 그저 말없이 사람들에게 모든 것을 내주는 것이 사랑이라고 믿는다. 사랑은 일상의 혁명처럼 여전히 진화하고 있다.

3장

시가 사람을 살린다

시인의 마음은 순간에서 영원을 본다
한 알의 모래 속에서 세계를 보고
한 송이 들꽃에서 천국을 본다

공주 풀꽃문학관

풍금 소리가 들리는 집

여러 번 뒤돌아보며
떠나간 집

그리운 마음이 남아서
살고 있다

다시 오고 싶은 마음이
거기에 있다.

소박한 충만

나태주 선생의 시는 대부분이 자연주의를 지향하는 서정시다. 선생은 한평생을 서정시의 큰 틀에서 벗어나신 적이 없다. 1971년 신춘문예 당선작인 '대숲 아래서'부터 최근까지 약 이천 편의 시들이 모두 자연과 인간에 대한 시들이다. 박목월 선생의 제자로서 순수시의 계보를 잇고 있다. 시인에 관한 명성만큼이나 시에 대한 많은 평론이 발표되었지만 내가 바라본 선생의 시 세계는 한결같이 결핍의 언어들로 채워져 있다. 마음이 온통 멍투성이고 상처는 아물지 않은 채 또 다른 상처로 덮여 있다. 울분을 토해내듯 정제되지 않은 그리움과 외로움이 그득하다.

지난날 무명 시절의 선생에게 시 쓰는 재능에 대해 칭찬해 준 사람이 아무도 없었다고 한다. 주변 사람들은 그의 삶을 존중해 주지도 않았다. 시골의 초등학교 선생으로 살면서 시를 쓴다는 현실이 늘 그를 외롭고 힘들게 했다. 하지만 선생은 오로지 시가 사람을 살린다는 신념으로 평생을 사셨다.

그의 시에는 세 가지가 없다. 가난했지만 가난에 대한 원망이 없다. 세상에 대한 설움도 많았지만 미움이 없다. 시를 쓰는 것 외에는 무엇이 되고 싶다는 욕망도 없다. 만일 그가 시를 쓰지 않았다면, 가난과 미움과 욕망이 현실을 짓눌렀을 것이다. 결핍을 승화시킨 그의 시에는 가난과 미움과 욕망이 더 이상 보이지 않는다. 사람들이 그의 시를 좋아하는 이유다. 어려운 말로 사람을 현혹하지도 않는다. 그의 시는 단순하지만, 참된 말로 가득하다. 보고 싶다. 보고 싶었다. 그립다. 외롭다. 사랑스럽다. 사랑한다.

이제 그는 인생의 늘그막에 만들어진 풀꽃문학관으로 매일 출근한다. 그곳에서 남들이 쉽게 가지지 못할 것들을 누리고 있다. 매일 사랑과 노래와 기쁨이 넘쳐난다. 어디 그뿐이랴. 문학관 주변에는 듬성듬성 피어있는 풀꽃이 있고 언제나 사람들과 함께 노래할 수 있는 풍금이 있다. 그것도 두 대나 있다. 그리고 오래된 자전거가 선생과 늘 함께한다.

그는 가난했지만, 가난에 물들지 않았다. 검소하

지만 누추하지 않았다. 백제의 정서를 실천한 것이다. 미움과 욕망을 사랑과 그리움으로 승화시키며 사람들과 함께 살았다. 이제 그는 더 이상 가난하지 않다. 오늘도 문학관에 앉아 사람들과 풍금을 울리며 노래하는 그를 생각한다. 위대한 시인을 옆에서 바라보는 것만으로도 마음이 벅차다.

여전히 나는 그가 부럽다.

그리움을 부르는 집

기시감Deja vu은 대체적으로는 정상적인, 때로는 병리적인 지각 반응이다. 처음 가보는 장소인데 예전부터 알고 있던 곳처럼 느껴지는 감각을 말한다. 물론 그 반대 감각도 있다. 미시감Jamais vu은 매우 익숙한 곳인데도 갑자기 낯선 곳으로 느껴지는 감각이다. 살아가면서 우리는 두 가지 이상 감각을 한 번쯤 경험한다.

풀꽃문학관을 가보면 기시감을 느낄 수 있다. 한쪽에 있는 풍금도 낯익고, 창밖에 피어난 꽃들도 정답게 와 닿는다. 어디선가 느껴본 감정이 스멀스멀 올라온다. 나태주 선생과 함께 이야기하다 보면 초등학교 학생으로 내가 되돌아간 것 같은 착각이 들 것이다. 운이 좋다면 풍금

소리에 맞춰 노래도 부를 수 있다.

사람들이 좋아하는 장소는 저마다 독특한 매력이 있는 곳이다. 화려한 공간은 단숨에 놀라움을 자아내지만, 얼마 가지 않아 시들해진다. 우리의 감각이 빠르게 습관화되기 때문이다. 그렇지 않다면 우리의 심장은 매일 놀라움의 연속으로 터져버릴 것이다. 도시의 네온사인이 밤하늘을 수놓듯, 우리 기억에 오래가지 않는 것과 같다.

하지만 그리움이 살아나는 특별한 공간이 있다. 기억을 새롭게 불러오는 곳이 어딘가에 있다. 잊었던 친구들의 얼굴과 잃어버린 시간을 회상하게 하는 신비로운 곳이 있다. 이런 곳에서 시간은 천천히 흐르는 듯하고 우리의 감각도 서서히 반응한다. 기시감이 생겨나고 시간을 멈추게 하고 싶은 장소를 찾는 것은 인간의 본능이다. 도시의 불빛을 떠나 사람들이 먼 곳으로 여행을 떠나는 이유이기도 하다.

마음이 복잡할 때, 어디를 가는 것이 좋을까? 단언컨대 완벽한 공간이 아닌 미완성으로 남아 있는 공간을 찾아가는 것이 좋다. 혼자 있어도 시간이 나와 함께 흐르는 곳으로 가라. 나에게 모든 것을 집중할 수 있는 곳은 욕망과 미움을 한 발짝 물러나게 한다.

풀꽃문학관은 화려한 곳이 전혀 아니다. 무엇보다 그리움을 간직할 수 있는 절대공간이다.

10년 전 내가 느꼈던 기시감을 사람들과 나누고 싶은 것은 나만의 욕망인가? 아니다, 그렇지 않다. 가보면 단박에 알 수 있으리라. 언젠가 당신의 영혼이 이곳에 잠시 머물다 간 적이 있다는 것을. 적어도 나태주 시인의 시를 읽어본 사람이라면 말이다.

루치아의 뜰

오래 묵은 시간이
먼저 와서 기다리는 집

백 년쯤 뒤에
다시 찾아와도 반갑게
맞아줄 것 같은 집

세상 사람들
너무 알까 겁난다.

오래된 시간이 주는 휴식

공주는 금강의 물결이 가장 높게 솟구치는 곳이자 1500년의 오랜 역사를 지닌 도읍지이다. 선사시대를 포함해 훨씬 더 오랜 세월 동안 사람들이 삶을 가꾸어 오고 문화를 꽃피운 곳이다. 천혜의 자연을 품고 있어서 풍경은 막힘없이 탁 트여 있고 구름이 연미산 끄트머리에 아련히 걸려 있다. 굳이 공산성과 무령왕릉 등의 세계 문화유산을 떠올리지 않아도, 공주 자체가 한 편의 역사이다.

마을 곳곳에는 발길 닿는 모든 곳이 역사의 산증인이고 500년 이상 된 느티나무가 자리 잡고 있어 과거의 숨결을 느끼게 한다. 봄이면 길가에 벚꽃이 만발하여 화려한 향연을 이루고 가을날엔 낙엽길이 계룡산을 덮고 있다. 누구든 이곳에서 만나면 친구가 되고, 떠난 뒤에도 쉽게 잊히지 않는 곳, 공주는 바로 그런 묘한 매력의 장소이다.

비가 오던 어느 여름날. 분위기에 안성맞춤인 찻집이 있다면서 몇 사람이 앞장서 길을 나섰다. 제민천을 따라 천천히 걷다가 길모퉁이를 돌았다. 좁은 길로 들어서자, 옆에 선 사람의 온기가 전해져왔다. 곧이어 더 한적한 골목길이 나오고 찌그러진 파란 철문이 앞을 가로막았다. 예사롭지 않은 찻집 간판이 눈에 들어왔다. '루치아의 뜰'.

60년의 체취가 그대로 느껴질 만큼 형태가 잘 보존되어 있었고, 쓰러질 듯 내려앉은 낮은 지붕과 그 사이를 비집고 자리를 잡은 대들보가 덩그러니 솟아 있었다. 어디선가 은은하게 풍겨오는 말차 향기가 앞마당의 푸른 수국과 잘 어울렸다. 그렇게 처음 루치아의 뜰을 만났다.

시간과 공간이 사람의 이야기와 만나면 장소가 된다. 우리는 그것을 철학적 의미로 '사건'이라 한다. 루치아의 뜰이 이 골목에 만들어진 것이 사건의 출발점이 되었다. 한적한 원도심을 되살리는 도시재생 프로젝트가 시작된 것이다. 근대 문화유산 골목길이 생겨나고, 문화 예술촌이 만들어졌다. 제민천은 자연 생태 공간이 되었고, 주위로 60-70년대의 추억을 담은 하숙 마을도 조성되었다. 그 중심에 시간이 멈춘 공간, 루치아의 뜰이 있다.

오래 묵은 시간과 백 년 후의 시간이 공존하는 곳. 이제는 너무 많은 사람이 찾아와서 주인장 부부가 행복한 피로를 느끼는 곳. 나태주 선생은 이것을 미리 내다보신 걸까. 그래도 좋다. 더 많은 사람들이 루치아의 뜰을 찾아 잠시나마 행복하길 희망한다. 부디 일찍 오셔서 혼자만 앉을 수 있는 다락방 자리를 꿰차시라. 비가 오는 날이면 그야말로 금상첨화다.

처마 끝에 떨어지는 빗방울이 그대 눈가에 비치는 황홀함을 무엇에 비할까. 오늘도 루치아의 뜰에는 말차의 향기가 퍼져 간다.

'중독'의 반대말은 '관계'

유토피아는 세상 어디에도 없는 공간이다. 그럼에도 불구하고 사람들은 한없이 즐겁고 행복한 곳을 탐색한다. 이는 인간이 가진 본성이 안락에 대한 영원함을 추구하기 때문이다. 우리는 끝없는 수평선과 해안선의 막힘없는 공간을 상상하기도 하고, 관계의 친밀성을 찾아 자주 여행을 떠나기도 한다. 또한 존재하는 동안 사라지지 않는 불안감을 달래기 위해 탐닉할 대상을 찾는다.

언제부터인가 우리는 중독이라는 단어를 부정적으로 사용하기 시작했다. 영어의 어원도 비슷한데 원래는 무엇인가에 '사로잡히다', '헌신하다'라는 의미도 있었지만, 아편 남용과 같이 스스로 통제할 수 없는 몸과 마음의 상태를 의미하게 되었다. 이것은 우리가 어떤 것에 깊이 몰입하거나 헌신하는 것을 방해한다. 요즘은 거의 모든 행위에 중독이라는 단어가 결합하여 일상을 지배하고 있다. 약물중독을 시작으로 알코올 중독, 인터넷 중독, 스마트폰 중독, SNS 중독, 게임 중독, 도박 중독, 쇼핑 중독, 일중독 등 끝이 없을 정도다.

뇌 과학의 발달은 중독된 뇌를 직접 보여준다. 두뇌 보상회로, 도파민 중독이라는 학술이론은 이제 정설로 자리 잡고 있다. 그러나 중독을 개인의 뇌 질환의 문제로만 바라보는 것은 분명 한계가 있다. 그렇다면 무엇이 현대사회를 '중독의 시대'로 만든 것일까.

인간은 생물학적 구성을 지닌 사회적 동물이다. 혹시 사회로부터 소외되고 배제되는 경험이 중독을 만든 것은 아닐까. 심리학자 브루스 알렉산더Bruce Alexander가 만든 '쥐 공원' 실험은 관계의 친밀성을 보여준 대표적 연구이다. 고립되고 비좁은 공간에서 살아가는 쥐들과 안락한 환경이 제공된 '쥐 공원'에서 살아가는 쥐들에게 모르핀과 물을 제공하는 실험을 했다. 놀랍게도 모르핀에 중독되었던 쥐들이 공원으로 옮겨진 뒤에 다른 쥐들과 함께 맛있는 치즈를 먹으며 자유로운 환경에 적응하면서 모르핀을 멀리하게 되는 것을 발견하였다. 관계의 친밀성과 편안한 공간이 모르핀 중독을 치유한 것이다. 혼자 갇혀 있던 공간에서 여럿이 함께 열려 있는 공간으로 이동하는 것만으로도 쥐들의 생활이 바뀐 것이다. 새로운 관계가 형성되면서 자연스럽게 모르핀을 멀리하게 된 결과이다. 이러한 사회적 치유 모형은 생각보다 더 많이 존재한다.

베트남 전쟁에 참전한 미군들의 20%가 헤로인에 중독된 상태였으나, 귀국 후 집으로 돌아간 후 90%가 치유되었다. 이는 귀가한 후 느꼈던 안락함과 가족의 사랑이 전쟁터의 소외감과 공포를 없앤 결과이다. 사랑하는 가족을 다시 만난 것만으로도 중독에서 해방된 것이다. 사람들은 관계의 복원만으로도 회복되는 본능이 있다.

개인의 치료와 사회적 지원이 적절히 이루어질 때, 중독문제를 해결할 수 있다. 물론 모든 중독의 문제가 공간과 친밀성의 문제로 해결되지는 않는다. 그러나 최소한의 숨 쉴 공간을 제공하지 않는 사회가 분명 중독문제를 더 많이 만들고 악화시킨다. 중독의 반대말이 관계라는 사실을 반드시 기억하자. 이는 관계와 소속감이 중독 극복의 열쇠인 것을 의미한다.

이 세상에 유토피아는 없지만, 관계의 친밀성을 생각

하게 만드는 공간은 분명 존재한다.

만나면 모두 즐거워지는 공간이 존재한다. 다만 우리가 찾지 못할 뿐이다. 여러분 중 누군가 만일 공주에 올 일이 생긴다면 '루치아의 뜰'에 꼭 가보라고 말하고 싶다. 잊었던 사람들의 얼굴이 다시 살아날 것이다. 그리운 얼굴들이 거기에 있을 것이다.

먼 곳

먼 곳에 갔었다
먼 곳은 낯선 곳
사람도 낯설고
풍경도 낯설고
마을을 가로지르는
넓은 개울물
개울물 위에
커다란 다리
마음도 한 자락
그곳에 두고 왔다
먼 곳이 이제
내 마음속에 들어와
살기 시작했다.

마음이 머물 자리를 찾아서

내가 서울에 처음 오던 날은 몹시 추운 겨울이었다. 그토록 가보고 싶었던 윤동주 시비 앞에서조차 십분 이상 서 있지 못할 만큼 매서운 바람이 불고 있었다. 아는 사람 하나 없는 캠퍼스에 나는 혼자 남겨진 아이처럼 느껴져서 빨리 집으로 돌아가고 싶은 마음이 간절했다. 낯설고 막막하기만 한 이 도시에서 살 자신이 없었다.

그로부터 40년의 세월이 흐른 지금, 서울은 나에게 어떤 곳이 되었을까? 복잡하면서 편리한 공간이고, 내 다양한 욕망을 충족시켜 주는 곳으로 변모했다. 이곳에는 다른 도시에 없는 것들이 넘쳐난다. 분주하게 움직이는 사람들 사이에서 한강을 넘나들 때 바라보는 도시의 풍경은 나름의 운치도 있고, 사람 사는 냄새까지 맡아지곤 한다. 이제 서울은 낯설지 않은 공간이다. 아는 사람도 많아졌고, 내 주변에는 세상의 명성을 얻은 사람도 더러 있다.

하지만 서울은 여전히 내 마음 한 켠에 아쉬움을 남긴다. 모든 것을 다 갖고 있는 것처럼 보이지만, 한편 아무것도 갖지 못한 곳이기 때문이다. 집값의 조삼모사에 울고 웃어서가 아니다. 인정이 메말랐기 때문도 아니다. 어차피 사람 사는 곳이 다 그러하지 않은가. 정작 서울이 내 마음에 들어오지 못하는 이유는 의외로 단순하다. 이곳에서 나만의 삶을 살고 있다는 기쁨을 누리지 못하기 때문이다. 서울은 너무 거대한 미로와 같다. 그 누구에게도 비밀스러운 삶을 허용하지 않는다. 하지만 사람들은 도시가 클수록 개인의 비밀스러운 삶이 보장된다고 믿는다.

나는 그와 정반대되는 생각을 갖고 있다. 중요한 것은 도시의 크기가 아니라 내면의 안정감이기 때문이다. 그렇게 보면 서울은 그 어느 곳보다 더 불안정한 곳이다. 사람들의 정서는 불안하고 화가 나 있는 듯이 보인다. 지방의 소도시에 비해 물질로는 풍족할지 몰라도 행복해 보이지 않는다. 삶의 즐거움이 상실된 곳이다. 매일 생존의 위협이 한 번씩은 느껴지는 곳이다. 40년 전에도 느꼈고 지금도 그 마음은 변하지 않는다. 나는 삶의 위협이 없는 장소가 내면의 즐거움을 만들어 준다고 믿는다. 자기 충족감이 없는 장소는 전혀 즐겁지 않다. 인간은 생존의 위협이 느껴지지 않는 곳에 정착하는 본능을 지니고 있다.

공주라는 작은 도시를 처음 방문했을 때가 떠오른다. 먼 곳이었고 낯선 곳이었다. 이것은 의식의 흐름이다. 하지만 어찌 알았으랴. 10살 어린 아이의 눈으로 공주를 이미 봤다는 것을. 이것은 무의식의 흐름이었다. 금강과 공산성이 달리 보이고 하늘빛마저 푸르게 느껴진다. 50년 전에도 느꼈고, 10년 전에도 그랬을 것이다.

인간의 감각은 매우 예민하다. 순식간에 아름다움을 포착하고 느낄 수 있다. 마침내 선생의 시어처럼, 먼 곳 공주가 내 마음에 온 우주의 기억을 간직한 유성처럼 찾아와 별빛으로 머물고 있다.

관계로부터의 자유

도시는 우리를 외롭게 한다. 초고층의 거대한 빌딩들이 위협적이거나 내 존재를 더욱 초라하게 만든다는 식의 익숙한 외로움을 말하는 것이 아니다. 시시각각 변하는 환경을 탓하는 것은 더욱 아니다.

도시의 본질은 그 빠른 속도와 복잡한 인간관계에 있다. 친밀함보다는 이해관계가 우선시되고, 깊은 대화보다는 얕고 넓은 관계가 편리함을 제공할 때가 많다. 우리는 거대한 시스템의 한 부분으로서, 자신이 단지 소모품에 불과하다는 사실을 알고 있고 이제는 불평조차 하지 않는다. 지쳤을 때는 시간을 쪼개 여행도 하고, 낯선 곳의 풍경에 감탄하고 돌아와 재충전 되는 자신을 만족스럽게 느끼기도 한다. 인간은 외로움에 익숙해지는 동물이다. 순수함의 시간에서 시작했지만, 도시가 주는 엄청난 편리성에 물들어서 그렇게 살아간다.

그러나 생활이 편리해질수록 우리의 감각은 점점 둔해진다. 웬만한 자극에는 반응하지 않고, 변화에 대한 욕망도 줄어든다. 아파트 유리창 너머로 바라보는 밤하늘은 흐릿하고 멀기만 하다. 옆집에 누가 사는지도 모른 채, 자신들의 작은 공간에 매몰되는 자폐적 삶이 편리해진다. 한마디로 관계의 친밀성을 잃어버린 지 오래다.

서울이라는 한정된 공간에서 남과 북으로 이동하는 데 걸리는 시간은 보통 1시간이 넘는다.

교통체증 시간에는 두 시간을 넘기기도 한다. 약속 장소를 찾아가려면 한나절 시간을 다 써야 한다. 허겁지겁 약속 장소에 도착한 후 한두 시간 정도를 보내고 다시 집으로 돌아올 뿐이다. 계절이 수시로 바뀌고 볼거리가 많은데도 정작 주변을 둘러볼 여유는 없다. 여기서 말하는 여유는 절대적 시간을 의미한다. 삶을 가꾼다는 표현은 서울 같은 큰 도시에 어울리지 않는다. 사람들의 움직임은 너무 빠르고 시야는 건물에 가로막혀 있어 풍경조차 보기 어렵다. 도로와 아파트 공사는 일 년 내내 계속되고 있고 길 찾기는 나날이 더 어려워지고 있다. 그나마 서울의 강북이 나은 것은 옛길들이 남아 있기 때문이다.

현대인들의 대다수는 고향을 잃어버렸다. 학업과 직장 때문에 고향을 떠난 사람들도 있고, 도시화, 산업화로 인해 삶의 터전을 잃은 사람들도 있다. 그들에게 도시는 새로운 삶의 정착지이다. 그러므로 낯선 곳에서 외로움은 필수적으로 동반되며 도시는 우리를 더 외롭게 만든다. 물론 복잡한 공간 속에서 즐거움을 찾는 사람들도 많다. 빛의 속도로 변하는 환경을 좋아하는 사람들도 많다. 그들에게 관계의 친밀성은 무엇을 의미할까?

언제 만나도 편안한 관계. 일시적인 감정의 교류가 아닌 지속적이며 변함없는 관계. 잘 보이고 싶은 욕망이 없어도 사랑받고 존중받는 관계가 그립다. 친밀성을 잃어버린 피상적 만남이 많아질수록 우리는 더 외롭고 공허해진다. 그러니 외로움을 견디지 못해 사람을 만나지는 말자. 나의 외로움은 오직 나만의 것이니 자신에게 집중하자. 이제 다시 외로움에 직면할 시간이다. 도시가 나에게 허용한 유일한 위안이다.

스페인 광장

남의 나라
벤치에 앉아서
멍하니 바라보는
저녁노을이며 분수

분수는 황금빛
노을 속에 부서지고
나도 또한 황금빛
분수 속에 부서지는데

피보다도 진한 시간이여
부질없이 화사한 인생이여
살다 보니 이렇게
좋은 날도 있었구나.

나를 만나는 여행

낯선 도시에 환상을 품는 것은 세상에 대한 호기심이 여전히 살아 있다는 증거다. 우리는 마음 한 곳에 두려움을 간직한 채 조심스럽게 먼 도시로 향한다. 내가 사는 곳에서 멀리 떨어진 곳일수록 우리의 감각은 곤두선다. 일상으로부터 도피하는 것은 아니라도(실제로 이것은 불가능하다), 자신을 되찾기 위한 이유를 찾아가며 여행을 떠난다. 비행기를 타고 이륙하는 순간, 삶에 대한 본능이 솟구칠 때 우리는 살아 있음에 다시 한번 감사한다.

나는 낯선 곳에 대한 동경 속에서 경외감과 자유를 만끽하곤 했다. 적어도 십 년 전까지는 그랬었다. 그런데 언제부터인가 경외감은 사라지고 피곤함이 먼저 엄습해 왔다. 낯선 곳에 쉽게 적응하지 못하는 자신이 때로는 원망스럽기도 했다. 입에 맞지 않는 음식은 또 얼마나 불편한가. 시차에 쉽게 적응하지 못하다가 동료들에게 불편만 끼치고 돌아온 적도 있다.

로마행 항공권을 두 번이나 샀다가 환불한 적도 있었다. 스페인은 아직 가보지도 못했다. 낯선 곳이 이제 두려움으로 바뀐 것일까? 아내는 반대로 낯선 곳에 갈 때 힘이 더 넘치고, 뭐든지 잘 먹는다. 그래서인지 매번 불편함을 느끼고 적응하지 못하는 내게 이제는 짐 덩어리가 되었다고 놀리곤 한다. 대체 그 옛날의 자신감과 여행에 대한 동경은 어디로 사라진 걸까? 내 자신의 무의식을 들여다보니 그동안의 많은 여행이 대부분 학술모임이었을 뿐, 진정으로 나를 만나는 여행이 아니었다는 사실을 깨달았다. 온전한 여행의 즐거움을 느껴보지 못한 것이다. 그러니 낯선 곳에 대한 경외감과 호기심이 생길 리 없었다. 그런 것이 있었다고 착각한 것이다.

이 시를 읽으며 나태주 선생의 호기심 가득한 얼굴을 떠올린다. 그리움, 사랑, 호기심은 그를 지탱하는 자산이다. 오늘도 부지런히 몸을 움직이며 시를 쓰신다. 그의 시가 동적이면서도 서정이 가득한 이유다.

나태주 선생은 세비야의 스페인 광장을 가셨다. 이국의 벤치에서 시간의 덧없음과 인생을 노래하고 있다. 황금빛 분수에 황혼의 나이가 부딪히는 순간이라니! 절묘하다. 이 시가 실린 시집의 제목은 '꽃 장엄'이다. 꽃이 되어 터지고 싶은 열망이 담겨 있다.

나는 로마의 스페인 광장을 갈 것이다. 같은 이름의 다른 도시에서 저녁노을을 만나고 싶다. 벤치가 아닌 돌계단에 앉아 인간의 자존감에 대해 생각할 것이다.

올해는 로마행 티켓을 망설이다 세 번째에 가서야 다시 살 수 있었다. 이번에는 트레비 분수 앞에서 아내와 동전을 던질 수 있을까? 아마 그럴 것이다.

자기 자신부터 용서하라

프로이트는 오랫동안 로마를 방문하지 못했다. 실제로 그가 로마를 처음 방문한 것은 45세가 되어서였다. 이는 교통수단의 부족이나 여행에 대한 두려움 때문이 아니었다. 이미 그는 20세 청년이었을 때 런던에 갔었고, 아내가 성장했던 함부르크도 다녀왔으며 최면술을 배우기 위해 파리에까지 간 바 있다. 그런데 왜 로마만큼은 방문하지 못했을까.

프로이트의 대표작인 《꿈의 해석》을 읽다 보면 그 실마리를 찾을 수 있다. 로마는 프로이트가 간절히 방문하고 싶어 한 도시였지만, 동시에 막연한 공포감에 사로잡혀 엄두를 낼 수 없었던 지역이었다. 그는 이탈리아를 여러 번 갔었지만 정작 로마에는 발을 들여놓지 못했다. 또한 로마에서 회의가 있다는 꿈을 여러 번 꾸었다고 한다. 이런 내용을 근거로 볼 때, 프로이트에게는 로마를 방문하지 못한 심리적 이유가 있었음을 짐작할 수 있다.

프로이트는 마침내 자기분석을 통해, 자신이 로마에 대해 유난히 집착하는 이유를 발견해 낼 수 있었다. 그것은 이천 년 전, 카르타고의 장군 한니발Hannibal의 행적과 관련이 있었다. 그는 자기도 모르는 새 한니발과 자신을 동일시하고 있었다.

한니발은 북아프리카를 근거지로 형성된 카르타고의 민족 영웅이었다. 기원전 로마제국에 유일하게 대항할 수 있었던 국가였다. 또한 한니발은 프로이트와 같은 유대인의 조상인 셈족이었다. 19세기까지도 유대인들은 오스트리아인들과는 구분된 '게토'라는 곳에서 차별받으며 살고 있었다. 프로이트의 가족 또한 유대인이라는 이유로 박해를 받았고, 어린 시절 아버지로부터 과거 무례한 독일인들 앞에서 여러 번 모욕을 당했다는 얘기를 듣고 자랐다. 이때 프로이트의 자존심을 지켜준 것은 오로지 한니발 장군과의 동일시 과정이었다. 초라하고 무기력했던 아버지가 아니었다. 한니발은 코끼리를 타고 알프스 산맥을 넘은 최초의 사람으로 기록돼 있다. 그러나 한니발은 두 차례에 걸친 포에니 전쟁에서 결국 로마를 함락시키지 못했다. 로마를 눈앞에 두고 한 맺힌 죽음을 맞이했다.

끝내 로마에 입성하지 못한 한니발. 그를 영웅으로 동일시했던 프로이트. 아버지가 유대인이라는 이유만으로 무시와 모멸감을 참아내던 게토 지역의 하늘이 프로이트의 의식을 잿빛으로 뒤덮고 있었다. 1896년에 아버지가 돌아가신 뒤에야 프로이트는 비로소 로마에 갈 수 있었다. 1901년 마침내 그는 로마에 갔고, 트레비 분수 앞에서 동전을 던졌으며, 미켈란젤로의 모세에게 매혹되었다. 로마에 대한 무의식의 두려움이 사라졌다. 왜 그랬을까?

인간의 무의식은 심연의 바다만큼 깊고도 넓다. 아버지가 돌아가신 후, 프로이트는 아버지를 미워하고 무시했던 자신의 젊은 날을 반성했다. 눈치 빠른 독자들은 이미 알아챘을 것이다. 프로이트가 미워했던 대상은 자신의 아버지가 아니라 정작 자기 자신이었다는 것을. 그는 자신을 용서하지 못하는 강박의 포로였다.

아버지의 죽음은 프로이트가 자기 내면을 깊게 들여다보는 계기를 만들었다. 그는 스스로 자기분석을 시작했고 분석이 완료될 즈음에 로마에 갔다. 유대인으로서 정체성을 회복한 후 그의 정신분석 이론은 완성되었다. 자기 용서가 자기기만으로 흐르지 않은 위대한 결과였다.

프로이트와 다른 이유로 나 역시 아직 로마에 가지 못했다. 그를 동일시하는 것은 아니다. 자신의 무의식을 직면했던 프로이트의 용기가 부럽다.

슬픔

햇살이 아직 남아 있는 동안이라도
그대 앞에 있게 해 다오

멍하니 넋을 놓고 앉아 있는
질그릇 투가리
때 절은 창호지 문에
서서히 번지는 노을, 그 황토 빛

햇살이 아직 밝은 동안만이라도
그대 눈을 지켜 눈물 글썽이게 해 다오.

우울은 슬픔을 위로한다

이 시를 천천히 낭독해 보라. 슬픔이 깊게 배어 나온다. 애절함이 전신에 들끓는다. 누군가를 분명 잃어버린 것이다. 상실의 고통이 전해온다. 부모님이 될 수도 있고, 사랑했던 연인일 수도 있다. 너무 일찍 떠나보낸 친구일 수도 있다. 누군가를 잃어버린 경험은 자신을 미워하게 만든다. 그것이 잠깐이었든 긴 시간이었든 대상을 향하던 마음이 나에게는 증오로 되돌아온다. 모든 에너지가 그렇다. 밖을 향해 있을 때는 그 강도를 느끼지 못하지만, 내부로 그 에너지가 되돌아올 때는 그 힘이 배가 되어 더 아프게 와 닿는다.

타인을 미워하지 못하고 나를 미워하는 마음이 지나치게 많을 때 우리는 더 우울하다. 혹여 미안함을 느낀다면, 그것은 아직 그 사람을 마음으로부터 떠나보내지 못한 것이다. 미안한 감정을 한 꺼풀 드러내면 거기 떠나보낸 이에 대한 죄책감이 웅크리고 있다. 그 안을 다시 벗겨내면 우울의 감정이 솟아오른다. 다시 그 우울을 들어내면, 자신을 미워하는 마음으로 가득하다. 사랑의 상실은 때때로 자신도 가늠할 수 없을 정도로 자기 증오를 불러온다. 자기 증오가 회복되지 못하는 것을 의사들은 우울증이라고 진단한다.

내가 너무나 밉고 싫다. 매사 자신감도 떨어지고 되는 일이 없는 듯 느껴진다. 주변 사람들 모두가 나를 비난하고 손가락질하는 것 같은 착각에 빠진다. 밥도 먹지 못하고 잠도 오지 않는다. 좌절감, 무력감, 실망감, 외로움, 슬픔, 괴로움, 고독감, 죄책감, 허탈감, 자기를 추스를 수 없는 상태, 분노를 표현할 수 없는 상태, 극도의 양가감정, 상실감, 배신감 등은 모두 우울하다는 것을 달리 표현한 것들이다. 우울은 인간을 정체시키고 생산성을 잃게 하며 미래가 없는 사람으로 만들 수 있다. 그러나 다른 한편으로 우울은 인간을 성장시키고 성숙시킬 수 있는 유용한 자원으로 쓰일 수 있다. 정신의학의 개입이 필요할 정도의 우울증을 앓게 되는 경우라 할지라도 인간의 창조성은 없어지지 않는다. 다만, 그 사람을 둘러싼 냉엄한 현실 세계가 그를 더 우울하게 만든다. 우울을 겪는 사람들은 고통 속에서도 진실을 더 날카롭게 직시한다.

세상의 모든 불행을 근절시킨다는 것은 불가능한 일이며 우울증을 완화한다고 행복이 보장되는 것도 아니다. 그저 주변의 고통에 우리는 귀를 기울이고 그들의 고통을 함께 나누고자 하는 이해가 있어야 한다.

그러니 충분히 슬퍼해야 한다. 떠난 자를 잘 떠나보내는 애도의 시간을 잘 보내야 한다. 제대로 슬퍼할 줄 아는 인간이 되어야 한다. 막상 닥쳐보면 이게 쉬운 일은 아니다. 그래서 장례를 여러 사람이 함께 치르는 것이다. 혼자 슬퍼하는 것만큼 더 큰 슬픔은 없다.

내가 살아있다는 증거

'우울하다'와 '우울증'은 전혀 다른 차원의 개념이다. 정신질환으로서의 우울증은 비정상적이고 불가사의한 뇌 전달 물질들의 화학작용과 유전적 요인들이 복잡하게 얽혀 있으므로 그 원인을 명확히 알 수 없다. 그래서인지 흔히 우울하다는 것이 우울증과 같은 의미로 설명되는 경우가 있다. 나는 이런 해석의 방식을 거부한다. 왜냐하면 우울의 순기능이 질병으로 치부돼 버리는 것이 부적절하다고 보기 때문이다.

과연 우울하다는 것은 모두 질병이 되는 것일까? 빛과 어둠처럼 기쁨이 있으면 슬픔이 있다. 만일 슬픔에 대한 방어로서 우울함이 없다면 우리는 그 슬픔에서 영영 헤어 나오지 못할 것이다. 그러니 우울하다는 것에 지나치게 병적인 선입관을 갖지 말자.

모든 사람의 삶은 슬픔을 지니고 있다. 슬픔이 없는 사람은 없다. 그 슬픔에 대한 위로가 우울이다. 마음이 외롭다는 증거이기도 하지만, 슬픔을 막아주는 중요한 마음의 방어 기제로 작동되기도 한다. 그러기에 우울은 사랑이 지닌 결함이다.

"사랑하기 위해서는 자신이 잃은 것에 대해 절망할 줄 아는 존재가 되어야 한다."

심리학의 초석을 다진 윌리엄 제임스William James의 말이다. 우울은 감정의 가장 중요한 반응으로 환경에 반응하는 자아의 상태를 나타낸다.

인간은 결코 섬처럼 고립되어 혼자서 살 수 없는 존재다. 사람들과 함께 살아가면서 경험하는 감정은 롤러코스터처럼 다양하게 변화한다. 태양과 달의 움직임이 하나의 리듬이듯이 우리의 기분 또한 생물학적 리듬을 따르며 변화한다. 따라서 우리가 우울함을 느끼는 것은 자연스러우며 그 표현 역시 무한히 다양할 수 있다. 내가 지속해서 고통받고 있다고 느끼는가? 자신에게 물어보라. 그리고 주위를 둘러보라. 일상에서 내가 마주치는 대부분의 평범한 사람들이 의외로 강인하다는 것을 발견할 수 있을 것이다. 그들 사이에 속한 나도 마찬가지다. 우리는 극심한 고통을 안겼던 교통사고 후유증도 이겨낼 수 있고, 가족의 질병도 서로 보듬고 위로하며 잘 견뎌내고 있다. 이따금 지독한 불행이 연속적으로 일어나 정신을 차릴 수 없게 하지만, 긴 폭풍을 견디고 나면 대다수는 상처로부터 회복된다. 그것은 우리의 내면에 회복탄력성이 존재하기 때문이다. 그러므로 우리는 시간을 가지고 자신의 우울한 감정을 대면할 수 있어야 한다.

소크라테스가 델포이 신전에서 발견한 유명한 문장, '너 자신을 알라'는 거울을 통해 비치는 자기 모습을 매일 들여다보라는 것이다. 우울하다는 것은 내가 살아있다는 증거이다. 스스로에 대해 부끄러워할 줄 알고 겸손하므로 생기는 감정이다. 이것은 더 나은 삶을 위해 거쳐야 하는 통과의례와 같은 과정이기도 하다. 그러니 슬퍼할 일에 충분히 우울해지는 당신을 사랑하라. 적어도 당신은 제대로 슬퍼할 줄 아는 사람임이 분명하다.

별리

우리 다시는 만나지 못하리

그대 꽃이 되고 풀이 되고
나무가 되어
내 앞에 있는다 해도 차마
그대 눈치채지 못하고

나 또한 구름 되고 바람 되고
천둥이 되어
그대 옆을 흐른다 해도 차마
나 알아보지 못하고

눈물은 번져
조그만 새암을 만든다
지구라는 별에서의
마지막 만남과 헤어짐

우리 다시 사람으로는 만나지 못하리.

어른이 된 모모에게

이 시에는 모모의 아픔이 녹아 있다. 모모가 누구냐고? 에밀 아자르Emile Ajar라는 이름의 프랑스 작가가 있었다. 그가 쓴 걸출한 소설이 《자기 앞의 생》이고, 모모는 소설의 주인공 이름이다.

내가 그의 작품을 만난 것은 고등학교 2학년 여름이었다. 세상에 대한 치기와 반항기가 이유 없이 넘치던 시절이었고, 부모님과는 냉랭한 시간을 보냈으며, 아침에 나가면 밤늦게 집에 들어오곤 했다. 그 시절에는 그저 친구들과 어울려 시를 쓰고, 술을 마시며 여기저기 마구 돌아다니는 것이 일과였다. 그때를 생각하면 지금도 실없이 웃음이 나오곤 한다.

철없던 시절이었다. 당장이라도 세상이 끝장날 것 같은 기분에 한껏 마음이 부풀어 오르고 무모한 용기와 열정이 솟구치던 때였다. 만사에 거칠 것이 없었던 그때, 나는 마치 무한한 자유를 누리는 듯했고, 미래에 대한 불안도 없었다. 가끔 이유를 알 수 없는 슬픔이 몰려와 밤새 운 적도 있었다. 아마도 나에 대한 연민 때문이었을 것이다. 그때 한 권의 책이 내 눈에 들어왔다. '자기 앞의 생'이라니. 자못 호기심이 생겼다. 눈을 비비며 밤새 모모의 운명을 따라다니다 보니 금세 아침노을이 밝아오고 있었다.

모모와 로자 아줌마, 하밀 할아버지. 그들의 삶과 우정이 그대로 내게 전해져왔다. 슬프고도 아름다운 소설의 이야기에는 작가가 삶을 바라보는 애정 어린 시선이 고스란히 담겨 있었다. 책을 읽으며 마치 내가 살아온 인생인 양 깊은 공감을 느꼈던 것 같다. 부모님이 살아계시는데도 불구하고 나는 그들처럼 불행을 느끼며 자주 우울함에 빠지곤 했다. 특히 하밀 할아버지의 말은 내 젊은 날을 지배한 문장이 되었다.

> 완전히 희거나 검은 것은 세상에 없어.
> 희다는 것은 흔히 숨겨진 검은 것을 의미해.
> 검다는 것은 유난히 드러난 흰 것이지.

아! 그렇구나. 우리 삶도 그렇게 되겠구나. 나는 일찌감치 모모처럼 감응하며 완전히 동화돼 버렸다. 행복이 있으면 불행이 있고, 태어남이 있으면 죽음이 있는 것. 그것이 바로 삶이라고 단정했다. 하지만 막상 삶을 살아보니 인생은 그렇게 간단한 이분법이 아니었다. 젊은 날의 내가 상상하지 못했던 변수들이 가득한 고차원 방정식이었다. 삶 속에는 무수한 감정과 사랑, 만남, 이별, 그리움, 외로움, 기억, 우울, 가난, 염원, 욕망 등이 뒤엉켜 있었다.

40대에 《자기 앞의 생》을 다시 만났다. 아들에게 권하는 책을 선정하는 과정에서 이 소설을 다시 떠올린 것이다. 이미 고전이 된 책의 표지는 과거의 것과 비슷했다. 다행히 낯설지 않았다. 마치 모모가 험한 세상 속에서도 잘 살아가는 것처럼 큰 위로가 되었다.

이 시에서 나태주 선생은 평소의 언어와 달리 과거와 현재를 단칼에 자르신다. 그리하여 우울을 넘어선 삶의 의지가 느껴진다. '별리'는 깊은 정과 맺힌 한을 넘어선다. 다시는 만나지 못할 광폭했던 나의 젊은 날들을 떠올리게 한다. 아마도 너무나 격렬했던 통증을 앓고 지나가야 했던 이별의 서정이 아직 무의식 깊은 곳에 자리하고 있기 때문이리라. 알 수 없는 슬픔과 우울함이 가득했던 그 시간을 되돌아볼 때마다, 개와 늑대의 시간을 거쳐 이제야 비로소 어른이 된 나를 발견한다.

인간은 우울의 강을 건너며 성장한다

우울증을 앓는 사람들은 어떻게 고통을 이겨낼 수 있을까? 윌리엄 스타이런William Styron은 환갑에 접어들며 심각한 우울증을 경험했다. 그는 이미 《소피의 선택》이라는 소설로 명성을 얻은 유명 작가였다. 이 소설은 1979년 출간된 후 지금까지 꾸준한 사랑을 받는 20세기 대표적인 미국의 문학 작품이다. 스타이런은 이 작품을 통해 제2차 세계대전과 미국의 노예제도, 인종차별 문제에 대해 지적하며 인간이 직면한 비극적 시대를 고발하고 있다. 그는 주인공 소피를 통해 인간이 속해 있는 모순의 세계를 적나라하게 보여준다.

작가 스타이런은 인간성의 본질이 지닌 양극단의 특성

에 대해 천착했다. 이러한 몰두는 때로 그에게 깊은 우울감을 느끼게 했다. 근본적인 인간의 본질을 탐구하는 문인과 예술인들 대다수가 겪는 우울증이었다. 그런데 스타이런의 대처 방법은 사뭇 달랐다. 그는 그것을 현실 도피의 이유로 삼지 않고 정반대의 결과물로 승화시켰다. 바로 자신을 극심하게 괴롭히던 우울증에 관한 아름다운 책을 쓴 것이다. '보이는 어둠Darkness Visible'으로 번역된 이 책은 스타일런의 우울증 치유 일기다. 어떤 전문 서적보다 더 정확한 내용이 경험과 함께 구체적으로 소개돼 있다.

국내에서도 기자 출신의 작가 이주현 씨가 자신의 조울증 치유 일기를 책으로 펴낸 바 있다. 《삐삐 언니는 조울의 사막을 건넜어》라는 발랄한 제목의 심리 치유 에세이다. 이 책은 지금도 우울증을 앓는 수많은 사람에게 큰 위안을 주고 있다. 책을 쓸 당시 현직 신문사 기자로서 25년 동안 일하고 있었던 저자는 내가 만나 본 작가 중에서도 유난히 따뜻한 감성과 설득력 있는 토론 실력을 갖춘 분이었다. 다정한 사랑의 힘이 느껴지는 이 책에는 저자의 특별한 경험이 꼼꼼하게 녹아 있다. 유려한 문체와 함께 희망을 잃지 않는 특유의 문체와 따뜻한 시선이 독자들에게 깊은 울림을 준다.

정신분석에서 말하는 우울은 본능과도 같다. 성장과

우울은 함께 나타나는 함수다. 아동 분석가로서 영국의 대상관계 학파를 이끈 멜라니 클라인Melanie Klein의 이론을 음미해 볼 필요가 있다.

> 사랑과 증오가 같은 대상이라는 것을 알게 될 때, 아이는 자신 내부에 내재된 공격적 충동이 엄마를 공격하게 될지도 모른다는 두려움에 빠진다. 만일 사랑하는 엄마를 잃게 된다면, 그것은 자기 안에 내재된 나쁜 충동 때문이라고 생각한다. 이 감정은 죄책감을 느끼게 하며 이는 우울로 발전하게 된다.

그러나 이런 현상을 모두 병적이라고 분류할 필요는 없다. 우울의 강을 건너며 인간은 성장한다. 우울을 넘어서야 감사하는 마음이 생긴다. 엄마가 아닌 다른 대상과 통합적인 관계를 만드는 작업을 반복한다.

점차 우리는 사회라는 바다를 만난다. 결국 우울은 인간이 겪는 아픔이기도 하지만, 성장을 촉진하는 매개체로도 작용한다.

사는 동안 누구나 우울을 경험한다. 그중 일부가 우울증이라는 질병으로 발전하게 된다. 자신이 잘못 살아서가 아니다. 유전적 원인과 사회적 관계가 복잡하게 얽히며 우연에 의해 병이 생기는 것이다.

2018년 봄날, KBS의 시사교양 프로그램이었던 『명견만리』에 강연자로 나서게 되었다. 호주에 가서 제프 갤럽Geoff Gallop 총리를 만나 인터뷰를 하게 될 기회가 있었다. 그는 2006년 서호주 총리로 일할 당시 우울증을 앓게 되면서 총리직을 사임했다. 고독한 그의 결정을 도운 것은 영국의 토니 블레어Tony Blair 총리였다. 두 시간 남짓 시드니 오페라 하우스를 바라보며 그와 이야기를 나누었다. 갤럽 총리는 "우울증을 겪으며 사는 것은 사람을 매우 쇠약하게 만든다"라고 했다. 허심탄회하게 자신의 고충을 토로하는 그의 모습을 보며 영국과 호주의 총리들이 겪었던 삶의 뒷모습을 엿볼 수 있었다. 화려한 정치인의 삶 속에 우울함이 독버섯처럼 자리 잡고 있었던 것이다. 그들 또한 고독하고 연약한 인간이었을 뿐이었다.

다행히도 갤럽 총리는 현재 매우 잘 살고 있다. 물론 심각한 우울증으로 고통받았지만 이를 극복한 후, 새로운 삶을 꾸려나가고 있다. 그를 다시 만난다면 다섯 살배기 딸의 안부를 묻고 싶다.

우울은 인간에게 주는 마음의 경고다. 제대로 성숙하고 성장하라는 일종의 신호이기도 하다. 아메리카 원주민들이 말을 타고 가다가 한참 서 있는 이유는 영혼이 따라 올 시간을 기다려 주는 것이라는 우화가 생각난다. 급하게만 가지 말고 시간을 기다리라는 것이다. 누구에게나 지치고 외로운 순간이 있다. 그럴 때는 반드시 쉬어가야 한다. 우리에게 쉴 시간이 없는 것이 아니다. 쉬고 싶은 마음이 없는 것이다.

사는 일

오늘도 하루 잘 살았다
굽은 길은 굽게 가고
곧은 길은 곧게 가고

막판에는 나를 싣고
가기로 되어 있는 차가
제시간보다 일찍 떠나는 바람에
걷지 않아도 좋은 길을 두어 시간
땀 흘리며 걷기도 했다

그러나 그것도 나쁘지 아니했다
걷지 않아도 좋은 길을 걸었으므로
만나지 못했을 뻔했던 싱그러운
바람도 만나고 수풀 사이
빨갛게 익은 멍석딸기도 만나고
해 저문 개울가 고기비늘 찍으러 온 물총새

물총새, 쪽빛 날갯짓도 보았으므로

이제 날 저물려 한다
길바닥을 떠돌던 바람도 잠잠해지고
새들도 머리를 숲으로 돌렸다
오늘도 하루 나는 이렇게
잘 살았다.

살아가는 일은 위대하다

코로나 팬데믹은 디지털 시대에 벌어진 아날로그적 재앙이었다. 최첨단 기술력을 보유한 과학기술 시대를 역행하는 일이 발생한 것이다. 2020년, 인공지능 혁명이 가속화되고 이를 뒷받침하는 자본의 집중이 강화되는 시점에서 도시 집중 현상은 더욱 두드러졌다. 또한 지구 온난화에 따른 자연환경의 파괴는 심각한 수준에 이르고 있다. 이러한 혼란 속에서 수천 년 동안 인류와 공존해 온 바이러스가 치명적인 변이를 일으키며 전 세계의 일상을 멈춰 세웠다. 사회적 거리 두기와 마스크 착용이 일상이 되었고, 학교는 문을 닫고, 거리는 통제되었다. 감염자들은 가족과의 마지막 인사조차 제대로 나누지 못한 채 격리되었다. 모든 행사는 취소되고 사적인 만남도 크게 줄었다. 공장은 폐쇄되고, 경제는 마이너스 성장으로 돌아섰다.

하루를 잘 산다는 것이 이토록 힘들다는 것을 격

렬하게 체험한 시기였다. 겪지 않았으면 좋은 일을 또 겪고 만 것이다. 그러나 코로나 시대가 우리에게 남겨준 것은 고통만은 아니었다. 이 시에 나타난 것처럼 만나지 못했을 뻔했던 새로운 것을 만나게 된 것이다. 걷지 않아도 좋은 길을 굳이 가게 된 보람이었다.

무엇보다 가까운 이들에 대한 그리움과 안부가 절실해졌다. 보고 싶은 사람과 굳이 보지 않아도 될 사람이 구분되기 시작했다. 꼭 해야 하는 일과 굳이 하지 않아도 될 일들이 저절로 드러났다. 그동안 우리는 얼마나 쓸데없는 모임을 혹은 쓸모없는 일들을 하면서 살아왔던가. 가족과 함께 보내는 시간이 늘어나면서, 4인 가족 25평 아파트가 터무니없이 좁다는 것을 몸으로 느끼게 되었다. 미세먼지가 사라진 서울의 하늘을 바라보는 재미도 쏠쏠했다. 북한산을 왜 삼각산이라고 하는지, 봉우리만 보고도 알 수 있게 된 것이다. 평소 잘 보이던 것이 안 보이고, 안 보이던 것이 새롭게 선명해지는 경험은 참으로 신선했다.

코로나 시대의 빼놓을 수 없는 경험 중 하나는 바로 영상 모임이다. 좀체 시간이 허락되지 않아서 새벽 조찬 회의를 선호하던 사람조차도 영상회의의 편리함 앞에서 점차 그 매력에 빠져들었다. 국제 학술 모임도 예외는 아니었다. 직접 대면하지 않아도 될 강의와 회의가 얼마나 효율적일 수 있는지 증명하는 시간이었다. 카카오톡은 놀랍게도 전 세계의 한국인들을 하나로 연결해 주는 신기한 연결망이 되었다. 사적 만남도 횟수와 시간이 줄고 불필요한 2차 모임을 제안하는 이들도 사라졌다. 이러한 변화는 나 자신을 돌아보고 반성하는 계기를 가져왔다. 이 어려운 시기에도 불구하고, 사랑의 필요성은 더욱 절실해졌다. 절망의 바닥을 치고 난 뒤 비로소 희망이 보이기 시작했다.

오늘도 하루를 잘 살았다고 위로해 본다. 그것이 사는 일이라는 것에 새삼 놀란다.

사랑과 우울이 공존하는 이유

코로나 팬데믹은 전 세계적으로 정신건강에 심각한 영향을 미쳤다. 정신건강 문제는 코로나 이전보다 최소 30% 이상 증가했으며, 확진자 수는 7억 명 이상이고 사망자 수는 7백만 명을 넘어섰다. 과학기술 발전으로 인한 백신의 개발이 없었다면, 훨씬 더 큰 재앙이 발생했을 것이다. 참고로 100년 전 스페인 독감은 1,700만 명에서 5,000만 명의 희생자를 낸 것으로 추정되고 있다. 당시 전 세계 인구의 1~3%가 바이러스로 인해 목숨을 잃은 것이다.

코로나 팬데믹의 가장 큰 피해는 집단 무기력이었다.

사회 전체에 우울감이 팽배해지고 사람들은 희망을 잃어 가기 시작했다. 인류가 직면한 이 엄청난 재난과 혼란 앞에서 우리는 방어할 새도 없이 무방비로 노출되었으며 두려움에 휩싸였다. 또한 생존자가 겪은 공포와 트라우마는 말로 형용할 수조차 없다.

우리 존재가 언제 사라지게 될지도 모른다는 집단 불안이 사람들 사이에 거대한 장벽을 친다. 바이러스는 눈에 보이지 않는 위협이기에 사람들 사이에 불신과 갈등을 증폭시킨다. 무의식에 잠겨 있던 죽음에 대한 공포가 현실의 수면 위로 떠오르며 모두가 불투명한 미래에 불안감을 느꼈다. 학교에 가지 못한 아이들을 바라보던 어른들은 어두운 미래 앞에서 그저 답답해할 수밖에 없었다.

그러나 우리에게는 저마다 놀랄 만큼 강인한 생존의 유전자가 있다. 공포와 무기력에 꼼짝 못 하던 세포들이 하나둘 꿈틀거리며 집단의 생존을 모색하기 시작했다. 공감의 뉴런들이 움직이며 서로를 향해 공존의 화해를 시도하면서 차츰 불신의 장막이 걷히고 드디어 세상에 작은 희망의 싹이 움텄다. 이렇게 절망 속에서 희망을 보는 역설은 어떻게 가능했을까. 인간은 왜 고통 속에서도 우울인자들을 제거하지 않을까? 많은 학자들은 우울로 인한 위험보다 우울의 순기능에 주목한다. 극한의 상황에서 우리는 우울해짐으로써 에너지를 아낀다. 생존을 위한 방어다.

누군가 아프게 되면, 그 사람이 앓는 질병을 통해 자신들의 삶을 더 조심하게 된다. 또한 돌봄을 통해 적극적인 도움을 주는 것이 자신의 생존에도 유리하기 때문에 이타적 행동을 더 많이 하게 된다. 유전자 입장에서 생각해 본다면 이는 당연한 결과다.

결국 자신의 생존을 위한 이기심이 이타적 행동을 이끌게 되는 공존의 역설이 발생한다.

사랑과 우울은 상호 보완재다. 자아의 평안을 공격하는 것이 우울이다. 사랑할수록 더 우울해지지만, 우울의 강을 건너고 나면 다시 사랑을 찾는다. 이것은 과학적 논리가 아니라 감정의 자연스러운 본능이다.

또한 사랑은 혼자 할 수 없는 것이기에 공존은 사랑의 필요충분조건이다. 코로나 시대의 혼란을 이겨내며 우리는 공존의 이유를 배웠다. 눈에 보이지 않는 적과의 싸움에서 불확실한 가치를 확실하게 믿게 되었다.

인간을 인간답게 만들어 주는 일. 사는 일, 그리고 살아가는 일. 마침내 코로나가 종식되고 있다. 봄이 오고 있다.

고맙다

아침저녁 찬 바람 부니
외로워진다
잠들었던 외로움이
살아난 거다

맑은 하늘 흰 구름 높이 뜨니
잊었던 사람 생각난다
멀리 떠난 그리움이
돌아온 거다

멀리 있는 사람이 고맙다
아침저녁 찬 바람
맑은 하늘 흰 구름이 고맙다
오늘도 살아 있는 내가 더 고맙다.

자기 존중은 감사의 마음으로 돌아온다

매년 대학원에서 '영화와 정신건강'이라는 수업을 하고 있다. 영화나 드라마를 함께 보면서 등장인물들의 성격도 분석하고 마음의 상처를 돌아보는 시간이다. 의과대학에서 정신 병리학으로 수업하던 것을 응용한 과목이다.

학생들이 제출해야 할 과제 중 하나는 자신의 정신건강에 관한 것이다. 이 과제는 수업을 통해 배운 정신 현상을 참고해 자신을 객관적으로 들여다보는 시도로 구성된다. 늘 듣는 이야기인데, 마감일이 다가올 때까지 많은 학생들이 머리를 싸매며 고민에 빠진다. 힘든 이유는 분명하다. 대부분 자신에 대해서 깊이 고민해 본 경험이 없었기 때문이다. 그럼에도 불구하고 의외로 술술 잘 읽히는 과제물들이 있다. 그 내용을 읽어보면 상상하기 어려울 정도로 힘들었던 경험이 그대로 녹아 있다. 수업 시간에 보였던 모습과는 대조적인 경우가 많다.

고통이 클수록 성장한다는 말은 틀린 말이 아니다. 자신을 존중하지 않으면 그 고통과 번민을 이겨내지 못했을 것이다. 자기 존중은 감사의 마음으로 되돌아온다. Think에서 Thank라는 단어가 파생되었다고 한다.

나태주 선생에게 살아 있는 모든 것은 고마움의 대상이다. 외로움과 그리움도 고맙고 구름과 바람까지도 고맙다. 무엇보다 살아 있는 자신을 용서하고 고마워할 때 타인을 사랑할 수 있다. 시를 가만 들여다보면 나름의 순서가 보인다. 외로움이 그리움에 앞선다. 멀리 있는 사람이 나보다 먼저다. 외로울 때 생각나는 사람이 진짜다. 그리움을 불러오는 사람이 참되다. 정말 보고 싶은 사람이 있다는 사실이 자신을 사랑하게 하는 것이다.

마음속에 미움이 가득할 때 우리는 아무도 사랑할 수가 없다. 미움이 사라진 자리에 외로움이 차고 넘쳐야 누군가를 그리워하게 된다. 그리움의 대상이 마음에 들어설 때 비로소 내가 보이는 법이다.

자기 심리학self psychology은 자신을 스스로 위로하며 시작한다. 자신을 용서하라는 말과도 같다. 이 말은 자기의 허물을 무조건 덮으라거나, 타인보다 자기만을 너그럽게 대하라는 의미가 아니다. 완벽할 수 없는 자신을, 실수를 반복하는 자신을 용서하라는 것이다. 영악하지 못해 놓쳐버린 기회를 두고두고 후회하는 자신을 용서하라는 뜻이다.

자기 용서는 진정한 자존감의 시작이다.

갑자기 하늘이 맑아진다. 바람도 차가워지고 구름은 더 높게 날아간다. 사는 게 힘들 때 하늘을 한 번 쳐다보라는 말을 잊지 말자.

자기 심리학의 교과서 '나의 해방일지'

21세기는 대립과 경쟁의 시대를 넘어, 자기와 타인의 조화롭고 평화로운 공존을 추구하는 자기 심리학의 시대이다. 사회 전반에 자신의 정체성과 내면세계를 이해하려는 노력이 더욱 강조되고 있다. 이러한 경향은 대중매체에서도 두드러지게 나타나, 영화나 드라마 속 인물들이 자기 성찰과 내면 탐구의 여정을 통해 비로소 성장하는 모습으로 그려지곤 한다. 또한, 현대사회의 변화는 개인의 취미와 여가생활에도 영향을 미치고 있다. 홈 트레이닝이나 혼자 운동하는 모습이 일상의 한 부분으로 자리 잡고 있다. 그럴 뿐만 아니라 전통적인 집단 활동과 단체 회식 문화도 급격한 변화를 맞고 있다. 직급에 상관없이 일렬로 앉아 고기를 구워가며 건배하는 회식 장면이 이제는 식상하게 여겨진다. 대신, 마음이 맞는 친구들과 모여 즐거운 시간을 보내는 것이 새로운 대세이다. 이는 개인의 취향과 선호가 존중받는 문화로의 이동을 의미하며, 진정으로 소통하고 공감하는 진정성 있는 관계의 가치를 중시하는 요즘 시대의 반영이기도 하다.

이와 같은 변화는 개인이 자신과 타인과의 관계에서 진정한 의미와 가치를 찾아가는 과정을 중시하는 21세기 자기 심리학의 경향을 잘 보여준다. 이는 단순히 자기중심적인 삶이 아니라, 자기이해를 바탕으로 타인과 더 깊이 있고 의미 있는 관계를 맺으려는 현대인의 노력을 보여주는 것이다.

요즘은 일상에서 사용하는 언어와 전달 방식도 눈에 띄게 달라진 것을 느낀다. 가령 '우리 집사람'이라는 말은 '내 아내', '내 와이프'로 바뀌었다. '우리 남편, 우리 신랑'이라는 말을 쓰면 그는 분명 50대 이상이다. '우리 아버지 어머니'는 '저희 아빠 엄마'로 '우리 형'은 '나의 형'이 된다. 지금의 세대는 '우리 집'에서 '내 방'이 따로 있는 독립적 존재들이다. 그들의 머릿속에는 온전한 '나'의 것이 세상에 분명하게 존재한다. 이십 년 전부터 집 전화는 사라지고 '내 전화'만 있다. 초등학교 6학년 딸에게 핸드폰을 사주는 문제로 실랑이를 벌이던 것도 이미 오래된 일이다. 확실하게 21세기는 '우리'보다는 '나'를 중심으로 생각하는 세상이 되었다.

어떤 가치보다 내 가치가 먼저다. 오늘날에는 이것이 이기적인 목소리가 아니다. 내 것이 소중해야 남의 것도 소중한 법이다. 요즘도 가끔 세대 간에 갈등이 생기지만 앞으로는 서서히 나름의 질서를 잡아갈 것이다. 만일 이런 풍조가 이기적이라고 느낀다면, 이미 그는 현실과 동떨어져 있다고 할 수 있다. 그러니 젊은 세대들의 세상살이를 존중하고 받아들이려는 노력을 부디 시작해 보자.

이런 면에서 드라마 '나의 해방일지'는 자기 심리학의 교과서를 옮겨놓은 듯하다. 여타의 드라마 설정과 달리 주연이 따로 있지 않다. 독특하게도 이 드라마는 등장인물 모두가 자신의 정체성을 찾아가는 과정을 담담하게 그려낸다. 극적인 내용도 많지 않고 구태의연한 대사도 별로 없다. 덧붙여 흥미로운 것은 극 중에서 등장인물들이 사소하게 주고받는 언어이다. 여기서는 평소에 사람들이 일상 속에서 구사하지 않는 단어들이 불쑥 튀어나온다. 그 대표적인 사례가 유행어가 된 '해방'과 '추앙'이라는 단어다. 해방은 자유를 넘어선 개념이고, 추앙은 보통 사랑과 존경을 추월한 단어로 사용된다. 여주인공은 상대방 남성에게 "나를 추앙하라"고 말하지만, 서로 사랑하자고 강요하지 않는다. 관계의 시작과 끝도 불확실하다. 그저 자기 앞의 생을 담담히 살아갈 뿐이다. 아마도 그것이 이 드라마의 성공 요인이 아니었을까 짐작해 본다. 욕망의 갈등으로 인한 스트레스가 없기 때문이다.

삶은 욕망에 대한 매 순간의 찬반투표가 일어나는 현장이다. 매일 깨어나 일을 하고, 암묵적으로 어떤 행위에 혹은 어떤 결정에 대해 우리는 매 순간 둘 중 하나를 선택해야 한다. 존재를 지속한다는 것은 반복하고 또 반복하면서, 자신의 통일성을 유지하는 것이다. 시간의 흐름과 함께 자신의 정체성을 확립하는 것이다. 십 년 전의 나와 오늘의 내가 큰 괴리감이 생기지 않도록 노력하는 것이다. '나의 해방일지'의 구 씨(손석구)와 염미정(김지원)은 이야기가 끝난 후에도 과연 무한 반복되는 일상을 잘 견디어 내고 있을까? 아마도 그럴 것이다. 내가 '해방된다는 것'은 세상과 나의 관계 속에서 반복을 통해 자신의 생명을 온전하게 느끼는 과정이기 때문이다.

그러니 부디 과거에 했던 행동이 오늘 다시 반복되더라도 놀라거나 주눅 들지 말자. 비록 그 행동이 의미가 없더라도 우리는 여전히 살아있는 것이니까.

'나의 해방일지'와 비슷한 맥락의 드라마가 있다. 만일 그 드라마를 아직 보지 않은 사람이라면 먼저 '나의 아저씨'를 보라고 권하고 싶다. 이 드라마 역시 '우리 아저씨'가 아니다. 스무 시간을 정주행하다 보면 새벽이 밝아오고 눈가에 다크 서클이 내려올 것이다. 자기 심리학을 위해 그까짓 스무 시간은 당연한 투자다.

시

마당을 쓸었습니다
지구 한 모퉁이가 깨끗해졌습니다

꽃 한 송이 피었습니다
지구 한 모퉁이가 아름다워졌습니다

마음속에서 시 하나 싹텄습니다
지구 한 모퉁이가 밝아졌습니다

나는 지금 그대를 사랑합니다
지구 한 모퉁이가 더욱 깨끗해지고
아름다워졌습니다.

시[詩]가 사람을 살린다

시인의 마음은 순간에서 영원을 본다. 한 알의 모래 속에서 세계를 보고, 한 송이 들꽃에서 천국을 본다. 선생의 이 시는 윌리엄 블레이크William Blake의 '순수의 전조'를 떠올리게 한다. 18세기 영국 시인과 20세기 한국 시인의 만남이 기가 막힌 협주를 하고 있다. 참되고 아름다운 이 시는 시인들이 지닌 소극적 수용력에 대한 찬사다.

시인은 불확실한 현실 속에서도 자연 그대로를 상상할 수 있는 능력자다. 그들은 불안한 마음이 없는 것이 아니라, 불안 너머 해탈의 경지를 이미 보고 있는 것이다. 빛줄기가 만들어 낸 실루엣 속에서 희미한 옛사랑의 그림자를 발견한다. 일찍이 박용철 선생은 시인을 '하나님 다음가는 창조자'라고 칭송했다고 한다. 내가 생각하는 시의 힘은 고통의 길을 넘어 진심 어린 공감에 도달하는 능력에 있다. 그렇기 때문에 나태주 선생의 시가 수많은 사람들의 마음을 얻었다고 생각한다. 우리의 삶 자체가 원래 서툴고 힘들기 때문이다. 만일 삶이 평온하고 어려움이 없었다면, 서정시 따위는 읽히지도 않았을 것이다. 역설적으로 코로나 시대에 선생의 시집이 가장 많이 읽혔다고 한다. 그만큼 그 시간은 힘들고 고통스러운 날들이었다.

서정시의 탄생은 전쟁으로 많은 사람이 죽어가던 춘추전국시대다. 온통 죽음에 에워싸여 있고, 마음이 찢어지고 혼란스러운 가운데 나를 둘 곳도 나를 사랑할 힘도 없는 처참한 현실 복판이었다. 그러나 이 참담함 속에서 인간은 비로소 서로를 생각하는 애틋함을 느끼고 남의 아픔에 공감하게 된다. 공감의 너울을 말로 주고받는다. 너와 나의 주고받음. 이것이 시의 탄생이다.

시인의 상상력은 또한 고통을 없앤다. 한 편의 아름다운 시는 의학적 치료를 넘어서는 카타르시스를 우리에게 준다. 그래서 시는 쓰는 것이 아니라 짓는 것이라고 말한다. 소설이나 수필에 짓는다는 표현을 붙이지 않는다. 왜 그럴까? 옷을 짓고, 밥을 짓고, 집을 짓는다. 의. 식. 주. 인간을 살리는 기본 요소들만

짓는다는 표현을 할 수 있다. 여러 번의 수고가 들어가야 짓는다는 표현을 쓸 수 있다. 그래서 시를 짓는 것은 곧 사람을 살리는 것이다. 이것은 나태주 선생의 시 철학이기도 하다.

정신분석의 본질도 마찬가지다. 얼어붙은 땅에 꽃이 피기를 기다리는 심정처럼 고통을 함께 해주는 누군가가 필요할 때 자비가 생긴다. 공감의 싹이 트는 것이다. 시인의 마음과 정신치료자의 마음은 본질적으로 같은 것이다. 치료라는 의학적 장르와 치유라는 시의 영토는 공감을 바탕으로 한다. 그러므로 사람은 시를 짓고, 시는 사람을 살린다.

불확실한 현실을 견디는 힘

"우리는 불확실한 현실을 어떻게 견딜 수 있을까?"

질문이 틀렸다. 인간의 본능은 확실하고 완전한 것을 선호한다. 따라서 위의 질문은 다음과 같이 바뀌어야 한다.

"인생이 확실하지도 않은데 우린 왜 살아갈까?"

과학자들은 이 질문에 대한 답을 간단하게 설명한다. 인간의 뇌는 어떤 문제에 대해 반드시 알고자 하는 성향이 있다는 것이다. 눈앞에 뭔지 모를 신기한 것이나 불쾌한 것이 방치되어 있을 때 뇌는 혼란을 느낀다. 이 혼란을 벗어나려는 완벽성이 작동되어 의미를 찾으려고 노력한다. 호기심은 뇌를 움직이는 최고의 재료다.

따라서 우리가 인생을 사는 이유는 모르는 것, 불확실

한 것들을 알아가기 위해 살아간다고 해도 무방하다. 산소와 포도당이 없으면 생물학적 뇌는 죽는다. 자극도 없고, 호기심도 사라지고, 재미가 없어져도 뇌는 활기를 잃게 된다. 뇌는 우리의 상상 이상으로 호기심 천국이다. 적극적으로 문제를 파헤치고 고민하고 답을 찾으려고 노력한다. 주어진 상황에서 최선의 유쾌한 결과를 가져오려고 한다. 답이 없는 문제는 더 이상 세상에 존재하지 않는다. 이것은 과학이고 진리다.

그렇지만 뇌의 활동과는 다르게 마음은 늘 불안하다. 뇌가 나름의 답을 찾는 동안 우리의 무의식은 암흑상태를 두려워하고 문제를 피하려고 움직인다.

따라서 불확실한 현실을 견디는 것은 무의식의 몫이다. 모든 문제 해결에 적극적인 수용력만 있다면 우리는 아마도 에너지가 고갈되어 쓰러질 것이다.

불확실한 현실을 견디는 힘은 소극적 수용력negative capability에서 나온다. 논리적으로 따지지 않고 이성적이지 않으며 어떤 결론도 내리지 않은 채 끝까지 견디는 능력이 필요한 것이다.

의식이 아무리 애를 써도 풀리지 않는 인생의 어려움이 얼마나 많은가?

19세기 시인 존 키츠John Keats가 최초로 언급한 소극적 수용력은 짧은 그의 생애를 결정짓는 중요한 개념이다. 자연에 대해 느끼는 경외감은 스스로 어떤 것이라고 정의하지 않은 공감적 상상력을 불러왔다. 결론을 내지 않고 가만히 지켜보는 것만으로도 시적 상상력은 커진다. 나태주 선생은 시인을 다음과 같이 표현한다.

죽었지만 여전히 살아서 숨 쉬고 있는 사람이 있다.

시적 상상력은 '죽었지만' 살아있다는 모순을 만든다.

마당을 쓸었는데 지구가 깨끗해진다는 과대사고는 소극적 상상력의 결과다. 불확실한 현실을 견디는 것은 정신분석의 작동 원리와 같다. 매일 지치고 불안한 내담자들에게 확실한 처방을 제공하는 것은 치료의 목적이 아니다. 치료자는 문제를 해결하는 사람이 아니라, 함께 문제를 풀어가는 사람일 뿐이다.

인생도 마찬가지다. 불확실한 현실을 견디는 힘을 기르는 것이 인생이다. 시인은 시적 상상력을 통해 독자들에게 힘을 실어 준다. 실루엣처럼 보이는 시어 속에 인생의 답을 찾으라는 암시를 주는 것이다.

김물길 〈Light blanket〉

4장

자기 앞의 생이
가장 아름답다

오늘 행복을 느끼지 못한다면, 내일도 느끼지 못하리라

행복은 아이스크림과 같다

나중에 먹기 위해 아껴 두면

모두 녹아 버린다

멀리서 빈다

어딘가 내가 모르는 곳에
보이지 않는 꽃처럼 웃고 있는
너 한 사람으로 하여 세상은
다시 한번 눈부신 아침이 되고

어딘가 네가 모르는 곳에
보이지 않는 풀잎처럼 숨 쉬고 있는
나 한 사람으로 하여 세상은
다시 한번 고요한 저녁이 온다

가을이다, 부디 아프지 마라.

시간을 이기는 마음, '배려'

오랜 친구가 어느 가을날, 공주를 찾아왔다. 까까머리 시절부터 알고 지내온 인생 친구다. 그는 평소 문학에 관심이 많았고, 학창 시절에 글을 잘 써서 백일장을 휩쓸던 재간둥이였다. 저녁 식사를 함께하며 시시콜콜한 얘기를 주고받는데 친구가 대뜸 내게 "요즘도 시를 쓰냐"라고 물었다. 쓰지는 못하고 여전히 좋아한다고 대답했다. 그때 친구가 휴대폰에서 낯익은 시를 하나 불쑥 호출해 냈다. 그는 이 시를 읽을 때마다 내 생각이 나더라고 했다. 나태주 선생의 시, '멀리서 빈다'였다. 순간 가슴이 먹먹해졌다.

40년 전, 서울로 공부를 하러 떠날 때 기차역에서 울먹이던 친구의 모습이 떠올랐다. 어지간히도 부모님 속을 뒤집어 놓던 시절, 나를 대신해 상처 입은 어머니를 가만히 위로해 주던 그였다. 일찌감치 부모와 동생을 잃었던 친구는 여러 면에서 나보다 성숙했다. 삶의 어려움을 잘 헤쳐 나갔고, 남을 배려할 줄 아는 사람이었다.

공자는, 사람을 안다고 말하려면 한 세대의 시간이 필요하다고 말했다. 잘 안다고 생각하는 사람은 늘 내 마음에 들어와 있는 사람이다. 보이지 않아도 볼 수 있고, 말을 하지 않아도 언제든 마음이 그대로 전해지는 사람이다. 문득 안부가 궁금해지는 사람이 있다. 진짜 보고 싶은 것이다. 선생의 시, '멀리서 빈다'는 가을날에 읽어야 제맛이다. 정말 보고 싶은 사람들에게만 읽어주도록 하자.

몇 달 뒤, 나태주 선생을 만나 담소를 나누면서 친구와의 오랜 우정에 대해 말씀드렸다. 감사하게도 선생께서는 이 시를 필사하신 후 거기 친구의 이름을 써주셨다. 나는 그것을 액자에 담아 친구에게 전해주었다. 어쩔 줄 몰라 마냥 기뻐하던 그의 천진난만한 얼굴이 생생하다. 그날 이후 한동안 그를 만나지 못했다. 코로나 팬데믹이 찾아온 것이다. 그 시절을 힘겹게 보낸 후 오랜만에 다시 만났을 때 친구는 마침내 평생을 해 온 공무원 생활을 마쳤다고 한다. 그리고 그는 남겨진 동료들에게 정년퇴임 선물로 나태주 선생의 시집을 한 권씩 건네주었다고 했다. 그는 책의 표지에 붙인 메모지에 이런 글귀를 써두었다고 한다.

> 자세히 보아야 미남인데,
> 오래 보아야 사랑스러운데,
> 나는 갑니다.
> 늘 행복하세요.

친구다운 퇴임 선물이었다. 선생께 받은 큰 선물을 다른 이들에게 나누어 주며 배려를 실천한 것이다. 사랑하는 마음이 서로 전해지고, 고통을 서로 달래주는 사람들만의 향기가 있다. 그것을 자비라고 하든, 연민이라고 하든, 공감이라고 하든 상관없다. 사람의 됨됨이를 알려면 그 친구를 보라고 한다.

나에게는 아프지 말라고, 멀리서 빌어주는 그런 친구가 있다. 그와 나의 오랜 시간이 고마울 따름이다.

진정한 우정의 출발, 심리적 독립

사람을 제대로 이해한다는 것은 매우 어려운 일이다. 때때로 내가 이해했다고 생각한 것이 갑자기 오해로 바뀌는 경험을 하게 된다. 이해는 사리 판단의 근거가 되며, 어떤 것을 알고 그로부터 옳고 그름을 구분하는 기준이 된다. 따라서 understand를 번역할 때, 문맥을 생각하지 않은 채 모두 '이해한다'로 치부해 버리면 많은 오류가 발생할 수 있다. 이런 까닭에 나는 누군가를 '이해한다'라는 말을 잘 사용하지 않는다. 대신에 '잘 알겠습니다'라는 말을 더 많이 쓴다. 거기에는 상대방의 말을 알아들었지만 옳고 그름은 아직 잘 모르겠다는 간곡하고 단호한 뜻이 포함돼 있다.

사람을 제대로 안다는 것은 그 사람이 살아온 인생을 알아야 할 수 있는 말이다. 따라서 우정의 심리는 사랑의 심리와 아주 다르다. 쓰는 말도 다르고 감정의 폭도 다르다. 사랑은 서로 생각하는 것도 다르지만 각자의 결핍을 감싸주는 감정의 공생관계다. 그러나 우정은 자기와 비슷한 마음의 구조를 지닌 타인과의 대등한 관계다. 물론 사랑과 우정 둘 다 공감을 바탕으로 하는 감정 반응이라는 점은 동일하다.

자기 심리학에서는 자신의 마음을 대신해 주는 자기대상self object이라는 개념을 중요하게 생각한다. 아이가 성장하는 과정에서 건강한 자기를 찾기 위해서는 세 가지 유형의 자기대상 경험이 필요하다.

첫 번째는 자신의 잠재력을 받아주고 칭찬해 주는 절대 반지와 같은 자기대상이다. 세상에서 내가 제일 위대하다는 것을 기쁨과 인정의 눈으로 바라봐 주는 대상이다. 정상적인 환경이라면 모든 부모들이 첫 자기대상이 된다. 우리가 살아가면서 어려움에 부딪힐 때 '나는 할 수 있어'라는 최면을 걸 때 반드시 필요한 대상이다.

두 번째는 아이가 존경할 수 있고 이상화된 자기대상이 필요하다. 역시 부모 중 적어도 한 명 이상에 대해 아이가 느끼는 자기대상 경험이다. 이를 통해 부모의 가치관을 배우게 되고 자신의 야망을 정당화하는 발달이 이루어진다. 이 두 단계는 필수적이지만 아이가 성장하면서 어느 시기에 이르면 서서히 좌절되어야 한다. 더 이상 내가 세상의 중심이 아니라는 사실에 대한 자각으로 인한 실망감이 있어야 부모를 떠날 수 있다. 아버지의 축구 실력이 최고가 아니라는 것을 어린 나이에 빨리 알아챌수록 우정의 자기대상 경험은 풍부해진다.

마지막 자기대상은 바로 우정으로 경험하는 자기대상이다. 나의 분신이 되거나 쌍둥이 같은 존재를 자기대상이라고 인식하는 경험이다. 즉, 나와 같은 느낌이 있는 타인을 만나게 되는 것이다. 이것은 가장 늦게 경험하는 자기대상으로, 학교에서 함께 놀고 일상을 공유하는 친구들을 통해 유사한 경험을 나누면서 형성된다. 태어나서 한 번도 본 적이 없는 사이였지만, 놀이를 통해 특별한 경험을 쌓게 된다. 아이는 그 과정을 통해 부모와는 전혀 다른 타인과의 관계가 주는 신선함을 느낀다.

부모와의 절대적인 자기대상이 지나치게 강하면, 우정의 관계는 성립되기 어렵다. 병적인 자기애가 팽창된 상태에서 우정을 경험하지 못하는 사람들을 종종 만나게 된다. 집안 어른들의 교류로 인해 형성되는 우정 또한 오래가지 못한다. 오로지 독립된 자기 스스로 만들어 가는 타인과의 관계를 통해서만 올바른 우정을 나눌 친구를 만날 수 있다. 또한 사춘기를 넘어 진정한 사랑도 만나게 된다.

친구 사귀기가 힘들다는 사람을 만날 때, 나는 부모와의 관계를 묻는다. 부모로부터 심리적 독립이 이루어졌는지를 살펴본다. 마음속에 부모가 지나치게 큰 자리를 잡고 있다면 친구 사귀기가 어렵다. 그리고 부모의 마음에 들 법한 친구를 골라 사귀지 말라. 스스로 사귄 친구를 집으로 데려오라. 처음부터 부모 마음에 드는 친구는 별로 없다.

자기self개념이 분명할수록 타인other이 보이는 법이다. 진정한 우정은 나를 제대로 찾은 후에 저절로 형성된다. '너 자신을 알라'는 그리스 신전의 격언은 결코 빈말이 아니다.

사랑과 마찬가지로 우정 또한 영원하다. 우리 마음이 변할 뿐이다.

들길을 걸으며

1

세상에 와 그대를 만난 건
내게 얼마나 행운이었나
그대 생각 내게 머물므로
나의 세상은 빛나는 세상이 됩니다
많고 많은 사람 중에 그대 한 사람
그대 생각 내게 머물므로
나의 세상은 따뜻한 세상이 됩니다.

2

어제도 들길을 걸으며
당신을 생각했습니다
오늘도 들길을 걸으며
당신을 생각했습니다
어제 내 발에 밟힌 풀잎이
오늘 새롭게 일어나

바람에 떨고 있는 걸
나는 봅니다
나도 당신 발에 밟히면서
새로워지는 풀잎이면 합니다
당신 앞에 여리게 떠는
풀잎이면 합니다.

30만 개의 단어와 30년의 시간을 지나 마침내 찾아온 사랑

이 시는 2020년 11월 수능 시험 치던 날, 수험생 필적 확인에 채택되었다. 당시 '많고 많은 사람 중에 그대 한 사람'을 쓰고 나온 학생들은 어떻게들 살고 있을까? 사랑하는 한 사람을 만났을까? 아니면 많고 많은 사람들 속에서 여전히 사랑을 찾고 있을까? 과연 그들이 찾는 사랑은 어떤 모습으로 그들을 성장시킬까?

사랑은 사람을 움직이게 한다. 시제로 따지자면, 수동태의 사람을 능동태로 바꾼다. 희미하던 눈빛이 갑자기 유리알처럼 반짝이고 세상 만물을 향하는 공감의 전류가 온몸에 퍼져나간다. 눈이 오고 비가 오면 문득 그 사람이 떠오르고 아침이 밝아오면 햇살 속에 또 그가 웃고 있다. 계절이 바뀌거나 꽃이 피어나도 온통 한 사람 생각뿐일 것이다.

이 시는 영화 '행복한 사전(일본, 2014)'을 떠올리게 한다. 말도 잘 못하고, 인상도 음울하고, 왠지 사회 부적응자의 분위기를 풍기기도 하는 어리숙한 한 남자의 느린 사랑 이야기가 생각난다. 두 시간이 넘는 러닝타임에 그다지 이렇다 할 만한 큰 반전도 없었던 정말 재미없는 영화였지만, 세월이 갈수록 여운이 오래 가는 영화다. 그렇다고 굳이 영화를 찾아볼 필요는 없다. 장담하건대 삼십 분 내에 눈꺼풀이 스르르 닫힐 것이다. 만일 졸지 않고 영화를 끝까지 볼 수 있다면 당신은 진정으로 영화를 사랑하는 사람임이 틀림없다.

영화는 제목부터 이상하다. 원래 '배를 엮다' 혹은 '대항해'란 제목이 어떻게 '행복'이라는 단어가 들어간 엉뚱한 제목으로 둔갑했는지 알 수 없다. 짐작하건대 행복을 국가 경영철학으로 내세운 당시의 시대 상황이 반영된 것이리라. 아마도 당시 사람들에게 '행복'이라는 단어가 필요한 시간이었을지도 모른다.

영화 속에서 주인공은 방대한 국어사전 만드는 일을 하게 된다. 그가 추구하는 사랑의 방식도 지극히 아날로그적이다. 우편배달부가 전해주어야 비로소 전달되는, 어려운 말로 가득한 러브레터를 보내고도 제대로 된 고백조차 하지 못한다. 그의 모든 말은 작업 중인 사전에서 가져온 것이기 때문이다. 하지만 그의 사랑은 정직하다. 정직한 사랑이 무슨 소용이 있겠는가? 그는 사전에 '사랑'의 정의를 이렇게 적는다.

> 누군가를 좋아하게 되어 온 마음을 빼앗기게 되면, 아무런 일도 못 하고 그 사람 생각만 하게 되고, 그 사람 생각으로 가슴이 설레고 밥도 먹을 수 없고 잠도 자지 못하는 상태

우리는 부지불식간에 일상의 일을 정의하며 살아간다. 작은 일상이 하나씩 모여 삶의 흔적이 된다. 자그마치 15년 동안 그는 직장과 집을 오가는 생활 속에 30만 개에 이르는 단어들을 정리하며 자신만의 사랑을 키워간다. 그래서 그의 사랑은 다분히 사전을 닮아간다.

나태주 선생이 1987년에 지은 시가 30년의 세월이 흘러 2020년 수능시험에서 빛을 보게 되었다. 선생의 순수한 사랑 노래가 긴 시간의 늪을 지나 청년들의 가슴에 전달된 것이다. 그야말로 영화의 원제목인 '대항해'와도 같다.

들길을 걸으며, 많고 많은 사람 중에 그대 한 사람을 만나는 것과, 30만 개의 단어 속에 '사랑'이라는 뜻을 새기는 것은 우연일까? 결코 그렇지 않다. 사랑은 공감이고 벅찬 감정 덩어리다. 공감은 깊고도 먼바다를 건너게 한다.

문득 서재의 책꽂이를 바라보았다. 이제 40년의 세월도 더 지나 표지마저 빛이 바랜 영한사전 하나가 눈에 들어온다. 청년 시절, 줄을 그으며 읽었던 대목에 이르렀다.

'이.터.너.티. eternity. 영원. 영겁'이라고 쓰여 있다. 사랑이 영원하기를 바랐던 젊은 날의 나를 마주한다. 여전히 사람이 희망이고, 사랑은 공감이 된다.

다정한 것이 오래 살아남는다

다윈의 진화론은 '적자생존Survival of the fittest'으로 요약되곤 하지만, 이 용어는 최근까지도 잘못 전달되어 왔다. 흔히 이를 '강한 개체만이 살아남는다'라거나 '살아남는 개체가 강하다'고 왜곡하여 해석하는 경우가 많았다. 그러나 이러한 해석은 모두 틀렸다.

적자생존의 원래 의미는 환경에 가장 효과적으로 적응한 생물이 더 많은 종을 남겨 생존한다는 것이다. 이 개념이 잘못 전달된 이유 중 하나는, 진화론이 소개되는 과정에서 동북아 문화권의 '약육강식' 개념과 혼동되어 잘못 이해되었기 때문일 수 있다. 강한 동물이 약한 동물을 사냥하는 승자 중심의 사고방식이 다윈의 사상을 잘못 해석하게 만든 것이다. 특히, 대한제국의 몰락과 일본의 강제 합병이 일어난 시대적 상황이 이러한 잘못된 번역과 해석을 더욱 부추겼다. 그로 인해 적자생존은 너무 남용되고 오염된 단어가 되어버렸다. 환경에 가장 잘 적응한 생물은 덩치가 가장 크고 힘이 세기 때문에 살아남은 것으로 오해되었다. 또한 무한경쟁의 생존자로 묘사되기도 했다.

환경에 가장 잘 적응한다는 것은 무슨 뜻일까? 자연은 무자비하고 부조리로 가득한 세계다. 적당한 비가 필요한 땅에 홍수가 나기도 하고, 곡식이 익을 무렵 눈이 내려 일년 농사를 망치게 하기도 한다. 자연은 결코 인간을 위해서만 존재하지 않는다. 세상 모든 생물이 살아갈 환경이 필요한 것이다. 따라서 척박한 환경 속에 많은 생물이 잘 살기 위해서는 서로 간의 협력이 필수적이다. 우리를 둘러싼 환경과의 공존이 인류의 역사이며 곧 문화의 발전이다.

협력은 호모 사피엔스의 생존을 가능하게 한 핵심 요소다. 진화적 적응력을 높여주기 때문이다. 협력을 통해 공존이 가능하며, 공존의 뿌리는 타자에 대한 공감이 뒷받침되어야 한다.

공감은 타자에 대한 배려다. 다윈은 '자상한 구성원들

이 가장 많은 공동체가 가장 번성하여 가장 많은 수의 후손을 남겼다'라고 기술하였다. 결국 다정한 것이 더 많이 살아남는다. 다정하다는 것은 누군가와 친하게 지내고 싶다는 단순한 행동으로부터 시작한다. 때로는 공동의 목표를 정해 두고 함께 협력하는 과정에서 마음을 주고받는 행동으로 표현되기도 한다.

타인과 함께 행동하는 거의 모든 것은 공감의 기초가 된다. 뇌 과학의 발달로 많이 알려진 거울 뉴런mirror neuron이 대표적이다. 공감은 마음 이론의 심리학적 구조만이 아니라 실제 존재하는 뇌의 영역이라는 사실을 우리에게 전해준다.

아기의 웃음을 따라 함께 웃는 엄마의 뇌, 월드컵 경기를 열심히 응원하는 붉은 악마의 뇌와 친구의 아픔을 덜어주려고 노력하는 우리의 뇌에는 거울 뉴런이 활발하게 움직인다. 공감의 에너지가 공동체 내에서 순환되는 것이다. 이런 의미에서 사랑은 인간이 행동할 수 있는 최고의 공감이다.

네가 아파 내가 슬프다는 것. 보고 싶다는 마음이 넘쳐 전해지는 것. 이러한 이심전심의 공감은 인간을 성장시킨다. 공감할수록 진화하고 더 오래 생존한다.

당연히 여성들이 더 오래 살고 건강하다. 여성이 남성보다 진화의 속도가 빠르다는 생물학자들의 말은 결코 헛말이 아니다.

침팬지에는 없지만 인간에게만 있는 것은 뭘까? 이미 여러 차례 반복되었다. 공감 능력이다. 먹이를 찾는 판단력이나 먹을 것을 나누어 주는 알파 수컷의 지능은 우리 생각보다 매우 높다. 하지만 그들에게는 공감 능력이 없다. 기뻐하고 슬퍼하는 행동은 많지만, 공감은 쉽게 일어나지 않는다. 호모 사피엔스가 지구의 정복자가 된 이유다. 다정함과 공감이 세상을 바꾸고 있다.

사랑의 에너지는 정체되어 있지 않고, 시시각각 움직이는 동역학, 다이내믹 그 자체이다.

다정하게 많이 사랑하고, 많이 공감하라. 건강하고 잘 살아가는 비결이 거기에 있다.

어머니의 일

와 놀라워라
애기 가진 젊은 여자가
갑자기 신맛 음식이 먹고 싶은 것은
자기 몸속의 칼슘을 녹여
애기에게 주고 싶어서
그런 거라는 말씀!
처음 듣는 이야기
와 고맙고도 감사해라
그렇게 내가 우리 어머니 애기였고
그렇게 우리 집 아이들은
또 우리 집사람 애기였구나
여자는 애기를 낳아
엄마가 되는 순간
위대한 사람이 된다는 사실
와 놀라워라 새롭게 깨닫고
너무나 늦게 배워 알게 된 일들.

여성의 위대함에 대하여

이 시는 생명의 탄생에 대한 여성의 위대함을 표현하고 있다. 아이가 이 세상에 태어나는 것은 출생일까? 탄생일까? 영어로 birth는 엄마의 몸 밖으로 생명이 나오는 과정을 의미한다. 의미는 다르지 않은데 어떤 이는 탄생이라 하고 또 다른 이는 출생이라 말한다. 대다수 사람들은 출생일 것이고 석가, 예수, 공자, 소크라테스 등 소위 4대 성인들은 모두 탄생, 탄신으로 표현한다. 마치 보통 사람의 죽음은 사망이지만, 유명인의 죽음은 서거라고 쓰는 것과 같다. 그런데 생명은 탄생이라는 단어와 결합한다. 아기의 탄생은 거기서 연유할 수 있다. 이를 통해 볼 때 우리는 세상의 평가로는 평범한 사람으로 살아가지만, 이 세상에 오는 순간만은 모두 성인으로 왔다는 사실을 알 수 있다.

모든 생명은 잉태 후 300일의 발달 과정을 거쳐 아

기로 탄생한다. 300일의 잉태 과정은 여성의 몸 안에서만 일어나는 매우 오묘하고 불가사의한 과학이다. 자궁은 생명의 탄생이라는 창조적 행위가 진행되는 곳이다. 우리는 모두 이 신비한 여정을 통해 이 세상에 왔다. 그러므로 엄마가 된다는 것은 근본적으로 아빠가 되는 일과 큰 차이가 있다. 여성은 몸과 마음의 변화를 겪으며 엄마가 되지만, 남성은 몸의 변화 없이 아빠가 되기 때문이다. 곧 아빠는, 여성이 엄마가 되면서 부수적으로 얻게 되는 지위이다.

'출산'이라는 이 위대한 여정은 생물학적 여성에게만 가능하다. 불행하게도 현대의 첨단 과학을 모조리 동원한다고 해도 남성이 아이를 낳을 방법은 없다. 한편으로 그 확고한 사실은 불행한 일이 아니라 참 다행스러운 일로 여겨진다. 출산은 매우 고통스러운 과정이기 때문이다. 하지만 남성들은 잉태 과정의 조력자에 불과하다는 사실을 받아들이는 데 오랜 시간이 걸렸다. 나태주 선생은 70년이 걸렸다고 하셨고, 나는 50년이 걸렸다고 감히 고백한다.

여성이 위대하다는 명제는 단지 출산 능력에 국한된 것이 아니다. 세상살이 모든 곳에 여성의 힘이 고루 작용한다. 내가 일해 온 정신건강과 장애인 인권

분야는 수많은 여성들에 의해 시작되었고, 지금도 그들의 힘에 의해 발전하고 있다. 어디 그뿐이랴. 교육과 돌봄, 보건의료, 언론, 과학, 인권 운동에 이르기까지 여성의 힘이 미치지 않는 영역이 없다. 21세기를 여성의 시대라고 정의하는 것은 그런 면에서 매우 타당한 평가이다.

여성의 역할은 어머니가 되는 것에서 끝나지 않는다. 지난 20세기의 이데올로기 대립은 전쟁과 평화에 대한 설득의 심리학을 형성했지만, 지금은 과학기술 발달을 바탕으로 공감과 소통의 심리가 더 중요한 시대다. 남성의 뇌와 비교할 때 여성의 뇌가 아이의 울음소리에 더 민감하게 반응한다는 사실은 널리 알려져 있다. 당연히 타인의 고통에 더 예민하게 반응하는 것은 여성의 몸과 마음이다.

공감은 타인의 고통을 자기 마음속에 끌어와 함께 느끼는 것으로 시작한다. 자기이해가 충분할수록 공감의 영역은 커진다. 여성의 몸은 남성의 몸에 비해 변화의 속도와 폭이 크다.

사춘기 이후 매달 여성들은 자기 몸을 살피는 훈련이 되어 있다. 그 과정에서 자기이해를 향한 섬세

한 감정 조절이 이루어진다. 남성에 비해 여성의 포용력이 큰 이유다.

엄마의 자기이해가 아기에게 오롯이 전달되는 것이 공감의 시작이다. 그렇게 아이가 커서 공감하는 어른이 된다.

돌봄과 공감의 능력자, 여성

사람의 잠재력을 있는 그대로 인정하고 성장시킬 수는 없을까? 사람을 사람답게 키워내는 일은 불가능한가? 인간이라는 존재는 시간과 공간 속에서 특별한 사건을 만나 생성되는 역사를 되풀이한다. 'Testimonial Woman'이라는 말을 생각해 보자.

로마 시대에 투표권을 행사하려면 자신이 남성임을 증명해야만 했다고 한다. 남성들은 자신의 고환testis을 보여주고 시민권을 인정받았다고 한다. 법원에서 증언하는 것(testimony), 증거가 되는 언약(testament) 모두 같은 어원에서 유래되었다. 따라서 남성을 남성답게, 더 나아가 아이들을 아이들답게 성장시키고 입증하는 사람이 바로 여성인 것이다. 사람의 가치를 증명할 수 있는 여성으로 번역할 수 있는 이 말은 여성의 위대함을 나타내고 있다.

베르타Bertha라는 이름을 가진 두 명의 여성이 20세기 초 독일에서 살았다. 베르타 파펜하임Bertha Pappenheim은 평생 독신으로 살면서 독일의 미혼모와 자녀를 돌보는 사회복지기관을 운영하였다. 그녀는 안나 오Anna O라는 가명으로 프로이트의 저서에 기술되어 있다. 말과 말을 통해 자신의 증상이 소멸되는 경험을 한 그녀는 정신분석 역사의 첫 번째 히스테리 환자로 기록되었다.

그녀는 단순한 환자가 아니라 정신분석의 방법론을 이해하고 표현한 사람이었다. 분석가의 이론을 넘어서는 자기성장과 자기이해를 통해 여성의 인권을 향상시켰다. 먼 훗날 독일에서 기념우표가 나올 정도로 사회공헌이 컸던 여성이다.

또 다른 베르타가 있다. 그녀는 세계 최초의 자동차를 만든 카를 벤츠Carl Benz의 아내였다. 벤츠와 결혼하기 전에 이미 자동차의 가치를 알고 투자한 여성이며, 결혼 후에도 남편 벤츠가 자동차를 발명하는데 자금을 지원한 인물이다. 가장 중요한 것은 투자가로서의 역할을 넘어 세계 최초의 장거리 드라이버라는 점이다.

매우 꼼꼼하고 완벽한 성격의 카를 벤츠가 엔진의 실험에만 몰두하고 있었을 때, 그녀는 남편 몰래 완성되지 않은 자동차를 몰고 거리로 나갔다. 혼자만 간 것이 아니었다. 사랑하는 두 아들을 태우고 100킬로미터 떨어진 친정집을 왕복 운전한 것이다. 한적한 시골길에 굉음을 울리며 자동차가 지나가는 광경은 당시 사람들에게 큰 충격이었다.

두 명의 베르타는 모두 실행하는 인간상을 보여준다. 정신분석이 효과적인 치료법이라는 확신을 만들어 주었고, 자동차가 미래의 운송 수단이라는 역사적 사실을 입증하였다.

사람이나 사물의 가치를 있는 그대로 인정할 수 있는 여성들이 역사를 바꾸어 왔다.

몇 해 전, 아이패드를 아내에게 선물하며 뒷면에 'Testimonial Woman'이라는 이니셜 글을 첨가하였다. 오늘날 내가 있는 그대로 성장한 것은 모두 아내의 도움이라는 뜻이었다. 태어나서 성인이 되기까지 어머니의 존재가 나를 만들었다면, 결혼 후에는 아내가 나의 존재를 변화시키고 있다. 여성의 돌봄 능력은 이론만으로는 설명할 수 없는 메타과학의 영역이다.

신이 모든 곳에 있지 못하기에 어머니를 보낸 것만은 아니다. 돌봄과 공감이 필요한 곳에 여성을 보낸 것이다. 나이가 들수록 여성의 위대함에 고개가 숙여진다. 이것은 결코 단순한 감정이 아니다. 진심으로 그렇다.

뒷모습

뒷모습이 어여쁜
사람이 참으로
아름다운 사람이다

자기의 눈으로 결코
확인이 되지 않는 뒷모습
오로지 타인에게로만 열린
또 하나의 표정

뒷모습은
고칠 수 없다
거짓말을 할 줄 모른다

물소리에게도 뒷모습이 있을까?
시드는 노루발풀꽃, 솔바람 소리,
찌르레기 울음 소리에게도

뒷모습은 있을까?

저기 저
가문비나무 윤노리나무 사이
산길을 내려가는
야윈 슬픔의 어깨가
희고도 푸르다.

뒷모습이 아름다운 사람

사람의 뒷모습은 아름답지만, 어딘가 쓸쓸함을 자아낸다. 그것은 꾸밈없는 자연스러움에서 비롯된 진정성 때문이다. 작가, 화가, 사진작가 등 많은 예술가들이 뒷모습을 주제로 수많은 작품을 탄생시켜 왔다. 그들의 작품 속에서는 자연을 바라보는 평온한 뒷모습도 있고, 혼자서 석양을 등지고 걸어가는 외로운 뒷모습도 있다.

뒷모습이 지닌 의미는 마치 내면을 상상하게 하는 거울과도 같다. 우리가 평소 보는 사람의 앞모습은 때때로 의식적으로 연출된 가면이거나, 남에게 보여주길 원하는 모습일 수 있다. 반면 나태주 선생의 시 '뒷모습'은 거짓말을 할 줄 모르는 인간 순수함을 노래하고 있으며 모든 인간이 아름답다는 전제가 깔려 있다. 앞에서 바라보면 매우 근엄하고 권위적인 사람도 뒷모습은 소박하고 때에 따라서는 연민을 느끼게 한다.

이 시를 읽으며 아버지 생각이 났다. 돌아가신 아버지는 젊은 시절 한쪽 폐를 수술하셨기에 목욕탕 가실 때마다 윗옷 벗기를 주저하셨다. 왼쪽 어깨가 처져있어서 앞에서 볼 때와 뒤에서 볼 때 큰 차이가 있었다. 30센티미터가 넘는 큰 흉터 자국이 왼쪽 등에 있으니, 뒤에서 바라보는 아버지의 모습은 초라하고 볼품이 없었다. 사춘기 이전에는 매주 아버지와 함께 목욕탕을 갔던 기억이 생생하다. 앙상한 등에 비누칠을 하다보면 유난히 큰 흉터가 눈에 들어오곤 했다. 그 시절 목욕탕을 나서서 집으로 돌아오는 길에 아버지와 함께 먹었던 돈가스 맛을 지금도 잊을 수 없다. '아들은 아버지의 등을 보고 자란다'라는 말이 있다. 아마도 부모에 대한 연민을 느끼고, 가치관을 배우며 자신의 내면을 다진다는 표현일 것이다.

뒷모습은 사람이 떠나간다는 의미도 담고 있다. 돌아선 연인의 등에 비치는 햇살을 보고 눈물이 났던 기억도 있을 것이고, 나의 등을 보이며 아프게 돌아선 기억도 있을 것이다. 누군가의 뒷모습을 보고, 보이지 않는 나의 뒷모습을 상상하며 우리는 외로움을 경험한다. 아버지의 뒷모습은 고단한 노동의 실루엣이다. 연인의 뒷모습은 슬픈 사랑의 그림자다. 돌아서 잠든 아내의 등을 바라보면 젊은 날의 희생이 보인다. 모두 애틋하다.

뒷모습은 내가 통제할 수 있는 부분이 아니다. 타인의 시선에 의해서만 결정되는 비밀스러운 신체의 일부다. 하지만 뒷모습은 진실을 담고 있다. 자연스럽다. 그렇기에 이 시의 후반부는 자연에 동화된 우리의 뒷모습을 노래한다. 나도 있는 그대로, 드러나 보인 그대로 살아가는 자연을 닮고 싶다.

뒷모습을 보고도 알 수 있는 사람은 내가 진짜로 잘 아는 사람이다. 아름다운 뒷모습을 기억하기에 내가 좋아하는 사람임이 틀림없다. 연약하지만 자연과 가장 닮아있는 그 사람의 어깨는 나의 아픔도 읽을 수 있는 사람이다. 뒷모습을 기꺼이 내주는 사람은 숨김이 없는 사람이다.

꾸밈이 없기에 뒷모습이 아름다운 사람은 내면의 소리를 들으며 살아가는 사람이다.

뒷모습의 가치가 그러한 것처럼 자신을 꾸미는 데 너무 시간을 들이지 말라. 먼 곳으로 떠나갈 때가 되면, 진정한 나의 뒷모습이 남들 눈에 보여질 것이다.

하지만 내가 누구인지 여전히 알 수 없다. 슬프지만 그것이 진실이다.

MBTI가 모르는 내가 진짜 나

나는 누구인가? 인간은 죽을 때까지 자신의 정체성을 고민한다. 자기 눈으로 확인할 수 없는 것은 사실 뒷모습만이 아니다. 사람은 죽을 때까지 자신의 진짜 모습을 모르고 죽는다. 거울에 비친 내 모습은 균열된 자아상에 불과하다. 아이가 거울에 비친 자신을 처음 바라볼 때 어떤 느낌이 들까? 낯선 타인의 이미지가 먼저다.

생후 6-18개월 사이 진행되는 거울 단계의 발달은 인간과 침팬지를 구분하는 아주 중요한 개념이다. 처음 반응은 둘 다 낯선 것이지만, 점차 아이는 거울에 비친 타인의 얼굴이 자신이라는 것을 알아차린다. 자신의 통제하에 움직여지는 거울 속 이미지를 따라 하다가 친근감을 느끼고 결국 사랑하게 된다. 건강한 1차 자기애가 생겨나는 것이다. 그러나 거울에 비친 자신을 좋아하면서도 아이는 늘 불안하다. 실제의 자신과 거울 속 자신이 완벽하지 않다는 것을 알기 때문이다.

인간의 원초적 불안은 거울상의 균열이 가져다준 운명과도 같은 것이다. 한편, 침팬지는 거울 속 자신의 이미지를 끝내 외면한다. 거울을 부숴버리고 흥미를 잃어버린다. 침팬지에게는 자기를 찾아가는 원초적 본능이 없다. 인간과 침팬지의 결정적 차이다.

인간은 눈에 보이지 않는 자기를 찾아 헤매는 불가사의한 존재다. 물질적으로 풍요로운 삶을 살고 있어도 내가 누구인지를 늘 고민한다.

오이디푸스의 절규를 생각해 보라. 아버지를 죽이고 어머니와 결혼할 운명을 타고난 그는 신탁의 예언을 피하고자 방랑 생활을 한다. 고생 끝에 스핑크스를 물리치고 새로운 나라의 왕이 되지만, 여전히 자신이 누구인지 고민한다. 그러다 진실을 알게 된 후, 순식간에 모든 것을 잃어버리고 참혹한 현실 앞에 무릎을 꿇고 자기 눈을 찌른다. 거울에 비친 자신의 얼굴을 더 이상 바라볼 용기가 사라졌기 때문이다. 내가 누구인지를 알고 싶은 인간의 욕망은 영원한 철학의 주제다.

에릭 에릭슨Erik Erikson은 평생 자아 정체성Ego Identity 연구에 헌신한 정신분석학자이다. 그는 죽을 때까지 아버지에 대해 제대로 알지 못했다. 출생에 얽힌 비밀을 아무도 그에게 알려주지 않았기 때문이다. 그에게 '나는 누구인가?' 라는 철학적 주제는 삶 자체였다.

그는 정신분석을 공부하면서 스스로 자신의 성을 만들었다. 에릭슨이라는 성은 '에릭의 아들'이라는 의미를 지닌다. 이름만을 남긴 친부에 대한 존경의 의미였다.

프로이트에 견주는 에릭슨의 업적은 인간의 발달에 대한 희망을 버리지 않은 것이다. 에릭슨의 연구 결과를 수용한다면, 죽을 때까지 우리는 자아 정체성을 확장하고 유연하게 만들어 갈 수 있다. 인간이 위대한 또 다른 이유다.

우리는 쉽게 정의되는 존재가 아니다. MBTI 따위로 구분되는 것은 더욱 아니다. 자신의 노력에 따라 얼마든지 삶의 형태가 바뀔 수 있는 것이 인간이다. 좋은 사람, 나쁜 사람, 이상한 사람, 예민한 사람, 둔한 사람, 화내는 사람. 이런 것은 중요하지 않다. 어차피 우리는 죽을 때까지 내가 어떤 존재인지를 모른다. 내가 누구인지를 더 알려고 자신을 변화시켜 보려는 사람만이 존재할 뿐이다.

그러니 외로워질수록 자신을 생각하라. 남을 탓할 시

간에 조금이라도 나에게 더 집중하라. 친구의 인스타그램 그만 들여다보고, 자신의 몸과 마음을 가꾸는 데 투자하라. 늦었다고 생각할 때가 가장 빠른 것이다. 이것이 그동안 잘해온 것을 소중하게 간직하고, 새로움에 익숙해지는 삶의 아름다운 방식이다.

잠들기 전 기도

하나님
오늘도 하루
잘 살고 죽습니다
내일 아침 잊지 말고
깨워 주십시오.

잠과 싸우지 말라

잠은 보약과도 같다. 어쩌면, 어디에서나 장소를 가리지 않고 잘 잔다는 것은 신이 주신 축복일지도 모른다. 정신건강 측면에서 바라보는 인간은 매우 단순하다. 잘 먹고 잘 자면 대체로 건강하다고 판단한다. 내과 의사를 찾는 사람들은 소화불량이나 복통을 호소하고, 정신과를 찾는 사람들은 대다수가 잠을 못 자고 식욕이 없다는 말들을 한다. 그러니 잠을 이루지 못한다는 것은 정신과 문턱을 넘는 첫걸음일 수 있다.

인생이라는 먼 길은 언제 어떤 일이 일어날지 아무도 모르는 미로와 같다. 코로나와 같은 전혀 생각하지 못한 재앙이 우리를 덮치기도 하고, 예상하지 못한 개인의 불행도 때로는 우리를 고통스럽게 만든다. 불면의 밤은 인생의 여러 길목에서 우리를 기다리고 있다가 언제든 우리를 시험에 들게 할 수 있다. 게다가, 나이가 들면서 불면의 밤은 점점 더 자주 찾아온다.

나는 자타가 공인하는 '굿 슬리퍼'다. 지금껏 불면의 밤을 보낸 적이 없다. 극심한 스트레스가 없었던 것은 아니다. 크고 작은 질병이 없었던 것도 아니다. 하지만 어떤 순간에도 잘 잤다. 그러나 최근 들어 잠이 잘 들지 않는 날이 늘어가고 있다. 환갑이라는 인생의 전환기를 지나며 생긴 당혹스러운 사건이다. 자정을 넘긴 시간에 깨어있는 날이 많아지고 있다. '아뿔싸. 뭔가 큰 변화가 필요하다. 잠드는 시간을 당겨볼까? 저녁을 덜 먹고 운동을 해볼까?'

이런저런 수면에 도움이 되는 자료들을 찾으며 나름의 처방을 해보지만, 아직 그 효과는 신통치 않다.

정신분석적으로 '잠이 든다'라는 것은 일상의 의미와 사뭇 다르다. 그것은 죽음에 입문하는 것이다. 깨어나지 못하면 인간은 죽는다. 건장한 청년들은 두려움 없이 잠자리에 들고 다음 날 여지없이 깨어난다. 물론 그가 악몽에 시달리지 않는다는 전제가 붙지만, 젊을수록 더 잘 잔다는 것은 동서고금의 진리다. 나이가 들수록 살아가고 있다는 생각보다는 죽어가고 있다는 표현이 마음에 와닿는다.

죽음의 본능이 우리를 불면의 밤으로 이끌고 있는가? 불면은 죽음에 대한 저항의 표시인가?

우리는 매일 삶과 죽음의 본능 사이를 건너다닌다. 물론 내가 알 수 없는 무의식의 흐름이다. 달리 말하면 삶과 죽음은 늘 우리 몸과 마음에 공존하고 있다. 프로이트의 말을 빌리면, 삶의 본능인 에로스와 죽음의 본능인 타나토스는 함께 작동한다. 그리스 신화의 인물을 정신분석에 도용한 그의 업적은 상상의 산물이지만 지금까지 그럴듯한 이론으로 문화 전반에 적용되고 있다. 노벨의학상을 받으려고 부단히 애를 썼지만, 프로이트에게 주어진 상은 괴테 문학상이었다. 대단한 상을 받았지만, 프로이트는 과학으로서의 정신분석을 원했기 때문에 만족하지 못했다. 그는 평생 세상의 인정에 목말라했고, 명성을 얻으려고 노력했다.

이 시는 죽음에 입문하는 시인의 마음을 담담하게 노래하고 있다. 신에게 깨워달라는 선생 특유의 위트가 넘친다. 오늘 하루 열심히 잘 살았으니 내가 할 일은 충분히 했다는 자부심이 느껴진다. 그러니 죽고 사는 문제는 하나님이 알아서 해달라는 간청이다.

세상에 모닝 알람을 하나님에게 부탁하는 배짱이라니. 참고로 선생은 독실한 기독교인이다.

하나님 덕분인지 그는 지금까지 잘 드시고 잘 주무신다. 참 다행이다. 불면에 대한 자료를 찾다가 상식과 지혜가 가득한 문장을 발견했다.

> 오늘 못 자면 내일은 곤히 잘 수 있다.
> 낮잠 자지 말고 반드시 깨어있으라.

자연 생체시계의 원리

나이가 들수록 잠이 잘 오지 않는다. 수면이 얕아지고 새벽에 자주 깬다. 이 모든 것이 잡스 때문이다. 스티브 잡스가 스마트폰을 만든 뒤 불면증을 호소하는 세계인들이 많아졌다. 원인은 또 있다. 유튜브, 넷플릭스 때문이다. 재미있는 콘텐츠가 너무 많아서 잠자리에 들어서도 아이패드를 켜기 때문이다. 이것은 보편적이고 과학적인 연구 결과가 아니다. 그저 나의 주관적인 생각을 적어본 것이다. 하지만 실제 많은 연구는 잠자기 전 스마트폰 사용이 수면을 방해한다는 결과를 보여주고 있다. 스마트폰에서 나오는 빛이 멜라토닌을 억제하기 때문이다. 수면 유도 호르몬인 멜라토닌은 빛에 약하다. 특히 성장기에 있는 청소년들과 노년층에 치명적이다. 빛에 노출되면, 무려 22%의 멜라토닌 분비가 줄어든다. 당연히 불면이 따라온다.

계속 못 자게 되면 누구나 우울해지고 불안하다. 그러니 잠을 잘 자는 것이 무엇보다 중요하다. 정신건강이 숙면으로 시작한다는 말은 결코 틀리지 않다. 인간은 낮에 활동하고 밤에 잠드는 생체리듬을 유지하도록 설계되어 있다. 자연 생체시계가 뇌 속에 내장되어 있다. 태양 빛이 사라지면 생체시계가 작동하기 시작한다. 멜라토닌이 분비되고 혈압과 체온이 떨어지며 24시간의 리듬이 시작된다. 중요한 것은 적당량의 빛을 낮에 쬐는 것이 도움이 된다는 사실이다.

핀란드와 같이 북반구에 사는 사람들은 햇볕을 제대로 쬘 수 없어 겨울이면 불면에 시달린다. 핀란드에서는 극야현상이 심해지는 겨울에 불면과 우울증이 많아서 직장에서도 공식적인 병가로 인정해 준다. 인공 빛을 만들기 위해 눈가리개를 하고 잠을 잘 정도로 태양 빛이 부족하다. 계절성 우울증이 빈번하다. 그에 비해 우리는 뚜렷한 사계절을 가진 천연의 나라다. 겨울에도 집을 나서면 따뜻한 햇볕이 우리를 기다려 준다. 얼마나 큰 축복인가.

빛과 생체리듬에 맞춘 최고의 수면 시간은 사람에 따라 차이가 있지만, 밤 9시에 잠자리에 들고 새벽 5시에 일어나는 리듬이다. 늦어도 밤 11시 전에 자고 아침 7시 전에 일어나는 것이 좋다. 사주에서 바라본 시간도 마찬가지다. 12간지에 따라 하루를 나누면, 밤 11시에서 1시는 가장 깊은 잠이 올 수 있는 시간이다. 이렇게 실천할 수 있다면 불면의 밤은 오지 않는다. 문제는 지나친 스마트폰 사용이다. 잠이 안 올 때 무심코 스마트폰을 켠다. 습관이 된 지 오래다. 하지만 잘 자기 위해서 스마트폰을 손에서 놓아야 한다. 형광등과 같은 빛은 최대한 간접 조명으로 바꾸는 것이 좋다. 과감하게 소쿠리에 스마트폰을 넣고 잠을 청하라. 몇 년 전 나도 참여한 소쿠리 챌린지의 슬로건이다. 불면을 다스리는 법은 개인과 문화에 따라 천차만별이지만 대체적으로 일치하는 견해는 다음과 같다.

· 매일 같은 시각에 자고 일어나라. 여기서 가장 중요한 것은 일정한 기상 시간이다.
· 자는 시간 외에는 침대에 눕지 말라. 침대에 누워 책 보는 습관은 수면을 방해한다.
· 낮에는 늘 깨어있어야 한다. 머리를 벽에 기대지도

말라.

· 활동적인 신체 운동은 가급적 오전에 하라.
· 저녁에 하는 운동이 지나치면, 멜라토닌 분비가 억제되어 쉽게 잠이 오지 않는다
· 60세가 넘어가면 수면 주기가 바뀐다. 수면 시간이 줄어들고 새벽에 자주 깬다. 자연적 현상이니 빨리 적응해야 한다.
· 잠자리에서는 텔레비전이나 스마트폰을 하지 말라. 빛이 수면을 방해하기 때문이다.
· 볼륨을 낮춰 라디오로 음악을 듣거나, 편안한 책을 읽어라.
· 잠자기 전 따뜻한 물로 샤워하는 것도 좋다.
· 규칙적으로 식사하고, 8시 이후에는 음식을 피하는 것이 좋다.
· 술, 담배, 커피는 피하는 게 좋다. (특히 술은 최악의 불면 유발 음식이면서 우울증의 빈번한 원인이 된다.)

인체는 정확하다. 낮에 깨어있는 시간이 길수록 밤에 잠들기 쉽다. 지나친 스트레스도 숙면을 방해한다. 좋은 스트레스라도 마찬가지다. 결혼을 앞둔 청춘들이 쉽게 잠을 들지 못하는 것은 당연하다. 문제는 만성적 스트레스

다. 스트레스가 없는 삶은 없다. 문제는 축적 효과다. 스트레스가 쌓이지 않도록 하라.

불면의 대부분은 생활 습관을 바꾸면서 개선된다. 자연의 리듬에 맞춰 자신의 삶을 적응시켜 나간다면 큰 문제가 되지 않는다. 정신과 의사들이 무분별하게 던지는 수면제를 너무 쉽게 받지 말라. 이 부분은 나와 같은 정신과 의사들인 동료들의 비판이 눈에 선하지만 어쩔 수 없다. 심각한 우울증과 공황장애 등이 동반되지 않았다면, 자연 치유적 방법을 먼저 고려하라.

환갑이 넘은 노년층에는 처방이 다르다. 생체리듬이 변해서 생기는 불면이기 때문에 대부분 신경안정제의 도움이 필요하다. 나이가 들수록 우울해지고, 불안하며, 기억력 저하 등의 문제가 기다리고 있다. 가족관계의 변화도 심각하다. 친구의 부고장이 심심찮게 날아오는 것도 마음을 울적하게 만든다. 타인의 죽음에 관한 소식이 이제 예사롭지 않게 들린다. 그런 이유로 마음의 평정을 유지하기가 어렵다. 하지만 나는 단호하게 이렇게 말하고 싶다. 수면제와 싸우지 말고 노년의 삶을 치열하게 고민하라.

행복

저녁때
돌아갈 집이 있다는 것

힘들 때
마음속으로 생각할 사람 있다는 것

외로울 때
혼자서 부를 노래 있다는 것.

행복은 아이스크림이다

행복이란 말은 너무 흔하다. 흔하다 못해서 상투적이다. 오랜 시간 동안 사용되어 온 말인 듯하지만 실제로 행복이 문헌에서 언급되기 시작한 것은 유럽의 기준으로 약 200년, 우리나라에선 150년 정도에 불과하다. 생각보다 그 역사가 매우 짧다.

과연 행복이란 무엇일까? 일상의 소소한 기쁨이 모여 행복을 이루는 것일까? 아니면, 행복한 순간이 모이면 그것이 곧 행복한 삶이 되는 걸까? 내가 원했던 무엇인가를 이루었을 때 느끼는 감정일까? 그렇다면 기쁨은 뭐지? 꼬리에 꼬리를 무는 의문이 생긴다. 여전히 행복이라는 말은 정의하기가 쉽지 않다.

이 시에 나타난 행복은 추상적이지 않다. 매우 구체적이다. 돌아갈 집과 생각나는 사람과 부를 수 있는 노래가 전부다. 소박하다 못해 단순하다. 어쩌면 행복은 단순함을 추구하는 인간의 본능을 달리 표현한 말은 아닐까? 그저 잘 살아가고 있으면 행복한 것일까? 인생이 매번 기쁠 수 없기에 가끔 찾아오는 좋은 시간을 말하는 건 아닐까?

마음이 벅차오르고, 가슴이 마구 두근거리고, 약간 긴장되지만 뭔가 기대되는 것. 이런 설렘이 행복일까? 다만 한 가지 확실한 것은 고통 뒤에 행복이 찾아온다는 시간적 순서일 것이다. 오르막과 내리막이 존재하듯, 일상이 지옥인 사람들에게 가끔 찾아오는 평온함이 있다.

행복한 삶은 없다. 소소한 일상 속에 행복한 순간이 있을 뿐이다. 어쩌면 행복하기 위해 사는 것이 아니라, 살기 위해 행복한 순간이 필요한 것이다.

시간이 빠르게 지나가는 사람들에게 행복은 곁을 주지 않는다. 나는 행복이라는 추상명사를 모르고 살았다. 기쁨과 슬픔은 느꼈지만, 행복의 순간이라는 것을 실감하지 못하고 세월을 보냈다. 집 밖의 스케줄로 일상이 흘러갔고, 집 안의 일들은 도통 사정을 알지 못 한 채 살았다. 어느 날 문득 바라본 아이들은 키가 불쑥 커져 있었고, 아내와 아이들은 멀찌감치에서 그들만의 시간을 보내고 있었다. 가끔 끼어드는 낯선 아빠의 모습을 멀뚱히 쳐다보았다.

그들을 멀리 떠나보낸 후에야 행복이라는 실체가 내 마음속에 들어왔다. 돌아갈 집은 있었지만, 아내와 아이들은 없었다. 생각나는 사람은 있었지만 내 손길이 닿지 않았다. 외로움과 그리움이 구별되기 시작했고, '백만 송이 장미'가 텅 빈 집에 울려 퍼졌다.

나태주 선생의 '행복'은 추상적 명사를 실체적으로 바꾸어 버린다. 그렇다. 행복은 결코 멀리 있지 않다. 행복은 생존이다. 생존하기 위해 행복을 느끼는 것이다. 힘든 시간을 내가 견딜 수 있었던 것은 행복해지려고 했기 때문이다.

내일 행복하기 위해 오늘을 굶는 어리석음을 반복하지 말라. 오늘 행복을 느끼지 못한다면, 내일도 느끼지 못하리라. 행복은 아이스크림과 같다. 나중에 먹기 위해 아껴 두면 모두 녹아 버린다. 그러니 나보다 현명한 그대들은 오늘부터 행복하시라. 진심으로 권하노니 살기 위해 행복해지시라.

관계의 접속사로 연결하라

우리는 언제부터 행복이라는 말을 썼을까? 말을 통해 우리는 소통한다. 단어를 공유하면서 문화를 만들어 간다. 존재 방식은 사유를 결정하고 자신의 경험으로부터 단어의 정의가 만들어진다. 사람과 사람이 모여 그 정의에 공감하면서 언어는 진화한다. 모든 말은 사람의 삶 속에서 태어나고 소멸한다.

어원을 따라가 보면, 행복은 행운에 가까운 단어다. 우연한 일이 나에게 일어나 운명을 바꾸게 된 것이라든지, 즐겁고 만족한 상태를 뜻하는 단어로 쓰였다. 따라서 행복을 뜻하는 '해피니스happiness'는 '우연히 일어난 일happen'과 뿌리를 같이 한다. 우연히 일어난 좋은 시간, 행운이라는 뜻이 담겨 있다. 독일어, 프랑스어 모두 같은 뜻이다. 언제부터 행복이라는 단어가 우리 삶에 스며들었을까? 많은 학자들이 그 기원을 제러미 벤담Jeremy Bentham의 '최대 다수의 최대 행복'이라는 공리주의 이념에서 찾는다. 일본에서 번역된 단어가 한국에 그대로 쓰인 것으로 본다. 그러나 벤담이 말한 행복은 사실 문맥상 쾌락에 가까운 말이다. 그는 인간이 고통을 피하고 쾌락을 추구하는 존재라고 주장한다. 인간은 누구나 최대의 쾌락을 추구하는 존재라는 것이다. 여하튼 행복은 고통 없이 즐거운 상태를 뜻하는 추상명사가 되어 지금까지 쓰이고 있다.

그렇다면 우리는 어떻게 행복해질 수 있을까? 또한 어느 정도 행복해지는 것이 좋은가? 쾌락의 강도가 세고, 지속적이면 좋은가? 보이지 않는 것보다 확실하게 느껴지는 것이 행복인가? 윤리적인 문제는 없는가? 내가 행복하면 그만큼 남이 불행해지는 걸까?

행복을 둘러싼 기준은 수많은 논쟁을 불러일으킨다. 개인과 사회적 성향에 따라 행복의 기준이 달라지기 때문에 문화적 차이를 무시하고 적용하기도 어렵다.

예를 들면 이렇다. 두 남녀가 결혼을 앞두고 사랑하는 사람을 위해 자신의 모든 것을 버린다고 말했다면, 이들은 과연 행복할 것인가? 잠시 행복했다고 하더라도 자신의 꿈을 포기한 쪽은 후회가 남기 마련이다.

또한 행복은 선악의 가치와는 상관이 없다. 인간이 최대한 쾌락을 추구하는 존재라는 것을 전제로 한다면, 인간을 행복하게 하는 것은 선한 것과 아주 다른 것이다. 개인적 쾌락 추구가 사회에 악영향을 미치는 경우에는 더욱 그렇다. 이런 여러 이유로 행복을 정의하기는 어렵다. 굳이 정신건강의 측면에서 정의하자면, 관계의 지속이 행복이라고 말할 수 있다. 여기서 말하는 관계는 양적인 것이 아니라 질적인 것이다. 많은 친구나 가족이 필요한 것이 아니라 공동체를 이룰 수 있는 친구나 가족이 있다면 신체와 마음이 더 건강하다는 연구가 많다.

마크 트웨인은 소설을 써서 번 돈을 주식으로 모두 날렸다. 그래도 그는 행복했다. 돈을 번 순간 행복했고, 망했을 때도 사랑하는 친구들의 위로가 있어 행복했다. 그는 인생이 순간일 뿐이라 다투고 분노하는 데 쓸 시간이 없다고 말했다. 진정으로 사람들과 함께 행복을 느낄 줄 아는 인간이었다.

흔히 부와 명예가 행복을 가져다주지 않는다고 말한다. 결코 틀린 말이 아니다. 행복은 고립으로부터 연결된 순간이며, 추상명사나 동사가 아니라 접속사다. 코로나 시대에 모두 경험하지 않았던가? 타인과 소통하고 연결되어 있다는 마음이 우리의 일상에 안정과 행복을 가져다준다.

좋은 날 하자

오늘도 해 떴으니
좋은 날 하자

오늘도 꽃이 피고
꽃 위로 바람이 지나고

그렇지, 새들도 울어주니
좋은 날 하자

더구나 멀리 네가 있으니
더욱 좋은 날 하자.

오늘은 좋은 날이다

좋은 날은 좋은 시간이 모인 하루다. 24시간 내내 좋을 수는 없기에 깨어있는 모든 순간을 의식적으로 좋은 시간이라고 생각하는 것은 무리다. 좋은 날은 좋은 순간의 단편들이 모인 하루다. 찰나의 감정이 하루를 지배하는 것이다.

인류의 역사는 본능이 이성을 이기며 진화해 왔다. 이성이 작동되는 시간은 생각보다 짧다.

나태주 선생의 시는 본능적이다. 일찍이 나에게 말씀하셨다. 불난 집에서 사람이 뛰쳐나오듯이, 마음속에 갇혀 견디지 못하는 감정이 먼저 튀어나온다고. 그는 마음이 시키는 대로 시를 짓는다. 아무 곳에서나, 아무 노트에나 시를 쓴다. 시를 쓰며 행복에 젖은 그를 바로 옆에서 바라보는 것은 참으로 큰 행운이다.

이 시는 자연과 교감하는 '나'를 행복의 주체로 삼는다. 오늘도 해가 뜬다는 말은 내가 밤새 죽지 않고 살아남았다는 말이다. 꽃이 핀 것을 볼 수 있으니, 눈도 괜찮다는 말이다. 때맞춰 새들의 울음소리도 들리니 금상첨화다. 멀리 있는 사람에 대한 그리움이 살아나니 더욱 행복하다는 말이다. 선생의 좋은 날은 이 모든 순간에 이미 정해진 것이다. 생각하는 것이 아니라 본능적으로 느끼는 것이다.

행복은 순간이다. 그것도 지극히 행운이 깃든 순간이다. 생존하기 위해 인간은 행복이라는 감정을 느낀다. 인간과 침팬지가 다른 점은 추상적인 상상을 할 수 있느냐다. 배고픔을 채운 후 포만감을 느끼는 것 외에 인간은 행복하다는 감정을 상상하며 진화해 왔다. 이 감정은 배가 고플 때 아주 요긴하게 쓰인다. 행복이라는 감정이 배고픔을 견디게 한다. 생존하기 위해 행복 회로가 작동된 것이다.

행복은 다행스러운 시간을 내가 누리는 것이다. 온전히 그것이 나의 것만이 아님에도 불구하고 내가 누린다. 그러니 행운이 더 맞는 말이다. 우연히 나에게 일어난 좋은 일이 나를 기분 좋게 하는 것, 그것이 행복일 것이다. 행복을 추구하는 것이 삶의 목적이 아니라, 좋은 시간이 많을수록 내가 잘 살 수 있는 것이다. 행복해지려고 사는 것이 아니라 살기 위해 행복해지는 것이다.

사랑도 마찬가지다. 내가 잘 살기 위해 누군가를 사랑하는 것이다. 다행히도 누군가가 나를 사랑해 준다면 더욱 좋다. 생존의 확률이 높아진다. 이제 삶의 의미가 생겨나는 것이다. 생존에 대한 본능이 먼저고 의미가 뒤에 따라온다. 행복은 결코 관념이 아니다. 아리스토텔레스의 행복처럼 삶의 목적이 되어서는 안 된다.

행복해져야 한다는 강박이 생겨나는 것은 더욱 아니다. 우리의 뇌는 경험이 축적된 거대한 저장 창고다. 좋은 순간이 많이 저장될수록 좋은 날이 많아진다. 소소한 일상의 즐거움을 느끼며 사는 당신이 옳다. 작은 화분을 쳐다보며 꽃을 피우려는 당신의 모습에서 내가 행복을 느낀다.

인생은 생각보다 빨리 지나간다. 서른까지는 매달 기억나지만, 마흔이 넘어가면 1년 단위로 기억이 날 뿐이다. 남은 시간이 많지 않다. 좋은 날로 하기에도 턱없이 부족하다.

그러니 오늘 하루도 좋은 날이라 생각하기로 하자.

하버드 대학에서 찾아낸 행복의 비밀

사람의 일생을 평면으로 펼쳐서 어떻게 살았는지 안다는 것은 거의 불가능하다. 평생을 함께 한 가족이나 아주 가까운 친구들을 빼고는 알기 어렵다. 이런 점에서 하버드 대학의 행복 연구는 간접적이지만 많은 사람들의 일생에서 무엇이 우리를 행복하게 하는지 엿볼 수 있는 좋은 자료다.

85년째 진행되는 이 연구는 1938년 하버드 대학의 2학년 재학생 268명과 대조군으로 보스턴 남부의 빈곤층 청년 456명의 삶을 추적하면서 시작되었다. 모두 남성이었고, 하버드 대학생 중에는 훗날 미국 대통령이 된 존 에프 케네디John F. Kennedy도 있었다. 연구진들은 정기적으로

이들을 인터뷰하고 건강 상태를 체크했다. 연구 책임자가 네 번 바뀌는 동안, 연구대상자들도 724명에서 60여 명으로 줄었다. 과연 무엇이 이들을 행복하게 했을까?

모두가 짐작할 수 있듯이 인생 초반에는 번듯한 직업을 가진 하버드 대학 졸업생들이 빈곤층 출신 청년들에 비해 성취감, 연간 수입, 자신감 등이 월등히 높게 나타났다. 하지만 연구가 진행될수록, 대상자들의 나이가 들수록 행복지수에는 큰 차이가 없어졌다. 달리 말하면 사회적 성취, 경제적 수입, 명예는 행복과 별 상관이 없었다. 가장 큰 행복의 조건은 관계의 지속과 친밀감이었다.

가족이나 공동체의 관계가 오래 유지될수록 더 건강하고 행복해진다는 평범한 사실이 연구의 결론이었다. 하지만 연구가 주목한 것은 단순한 관계가 아니었다. 아플 때 전화할 수 있는 사람이 많을수록, 힘들 때 이야기할 사람이 많을수록 더 건강하고 행복하며 더 오래 산다는 결과를 우리는 어떻게 받아들여야 할까?

관계의 지속은 단시간에 나타날 수 없는 무형의 자산이다. 경제적 수입은 눈에 보이는 수치로 금방 드러나지만, 사회적 연결과 관계의 지속은 오랜 시간이 지나야 나타난다. 군중 속의 고독을 경험하고, 그리움과 외로움을 구분하는 지혜가 필요하며, 인연과 악연의 구별도 필수적이다. 사람과 사람 사이의 관계에는 스트레스가 동반된다. 좋은 스트레스는 생존에 도움이 되지만, 해로운 스트레스는 독이 되어 오래 남는다.

더 중요한 것은 관계의 친밀감이다. 친밀한 관계는 무엇을 뜻할까? 고통을 즐거움으로 바꿀 수 있는 관계가 진짜다. 마치 클래식 음악과 같은 것이다. 반대로 즐거움이 고통으로 바뀌는 관계라면 아무리 가까운 사이라도 정리하는 것이 건강에 이롭다. 친구나 배우자에 대한 만족도가 높을수록 수명이 길어진다는 연구는 매우 흔하다. 인생의 고비마다 도움이 되는 책이나 음악을 클래식이라고 하듯이, 인간관계에도 클래식이 필요하다. 라틴어 어원으로 클래식은 힘이 되어주는 함대를 뜻한다. 인생이라는 험한 항해를 하는 과정에 파도를 막아줄 함선 몇 척은 있어야 하지 않을까?

하버드 행복 연구는 지금도 진행되고 있다. 1세대 연구대상자만이 아니라 그들이 함께 살았던 가족들에게도 범위를 넓혀 포괄적인 인터뷰가 이루어지고 있다. 여전히 행복은 실체를 알 수 없는 복잡한 감정이다. 분명한 것은 행복한 사람의 기억력이 더 오랫동안 지속되고, 신체 건강 상태도 더 좋은 것으로 나타난다는 것이다. 역시 행복은 생존에 관여하는 가장 큰 요소이다.

그렇다면 친밀한 관계를 지속하기 위해 우리는 무엇을 해야 할까? 손을 뻗으면 바로 닿을 수 있는 위치에 있는 사람, 가족과 공동체에 마음을 써야 한다. 스마트폰을 잠시 끄고 그들의 얼굴을 바라보자. 그곳에 행복이 있다. 생존의 유전자가 느껴지지 않는가?

강

구광본

혼자서는 건널 수 없는 것
오랜 날이 지나서야 알았네
갈대가 눕고 다시 일어나는 세월,
가을빛에 떠밀려 헤매기만 했네

한철 깃든 새들이 떠나고 나면
지는 해에도 쓸쓸해지기만 하고
얕은 물에도 휩싸이고 말아
혼자서는 건널 수 없는 것

《강》, 1987

인생의 가치는 각자가 결정하는 것

이 시는 큰아들이 태어났을 무렵 나에게 왔다. 책방에 들렀다가 무심코 고른 시집이었다.

'민음사'에서 출간된 시집 두 권을 샀다. 김수영 시인의 《거대한 뿌리》와 구광본 시인의 《강》이다. 두 시집에 수록된 모든 시가 마음에 들었다. 특히 구광본 시인의 '강'과 함께 '빵 굽는 사람'은 오래도록 여운이 남는 시였다. 갓 태어난 아기가 새근새근 자고 있을 때 나는 시집을 옆에 두고 사진을 찍었다. 먼 훗날 아기가 자라서 그때의 내 마음을 알아주길 바랐다. 깊은 강을 건너, 빵 굽는 시인이 되라는 의미였다. 그래서일까? 그때의 큰아들은 깊은 강江 천 개보다 더 큰 태평양을 건너가 예술 공부를 하게 되었다. 시인이 되지는 못했지만, 빵과 비슷한 음식을 만들며 뉴욕에서 자유로운 영혼으로 살고 있다. 세상에는 여전히 우연을 가장한 필연적 일들이 많다.

이 시와 인연이 있어서일까? 어느 여름날 나태주 선생께서 내가 일하는 곳에 강연하러 오셨다. 족히 10킬로그램은 되어 보이는 가방을 메고 공주에서 서울까지 버스와 지하철을 타고 오신 것이다. 코로나 상황으로 전국이 온통 난리법석일 때였다. 마스크 위로 땀이 송송 맺혀있고 등에는 두 줄의 가방 자국이 선명했다. 쉴 틈도 없이 세 권으로 된 인생 시선집을 배낭에서 꺼내 놓으셨다. 순간 고마움과 감동의 눈물이 왈칵 쏟아지는 걸 참았다. 그런데 그 중 첫 권인 《시가 나에게 살라고 한다》의 맨 마지막에 구광본의 이 시가 있지 않은가? 한 권의 시집을 내고 행방불명이 돼버린 구광본 시인의 시를 선생의 선물을 통해 마주한 기막힌 인연은 또 다른 필연적 사건이었다. 여기에 선생께서 쓰신 감상평을 몇 줄 첨가한다.

속지 마라. 속이지 마라. 내일은 오지 않은 오늘이고 어제는 지나간 오늘이다. 오직 있는 것은 오늘뿐. 그것이 너의 강물이다.

내가 이 시를 읽으며, 아들이 '빵 굽는 시인'이 되기를 염원한 것은 결국 나를 향한 독백이기도 했다.

그에게는 그 자신만의 인생이 있다. 인생의 가치는 각자가 결정하는 것이다. 강물은 거슬러 갈 수 없다. 인생도 거스를 수 없다. 때로는 평범한 진리를, 그것도 답이 뻔히 보이는 진리 하나를 얻는데 수십 년의 세월을 보내기도 한다. 어쩌면 그것이 인생이라고 자신을 용서해 본다. 하지만 내가 보낸 시간이 헛된 것만은 아니라는 증거를 아이들의 성장에서 느낀다. 아이가 커서 어른이 된다는 당연한 말이 이제 피부에 와닿는다.

기성세대가 청년세대에 정신력이 약하다고 말하는 것은 스스로가 이미 늙었다는 사실을 인정하는 것이다. 청년세대는 더 투명하고 솔직하게 반응할 뿐이다. 스스로 판단하고 움직인다. 태어날 때부터 독립적인 공간을 가진 경우가 많기에 개인의 사생활 보호를 당연하게 생각한다. 공동체를 향한 개인의 욕망을 숨기지도 않는다. 깊은 관계를 맺는 것보다는 실용적 관계에 익숙하다. 타인을 방해하지 않는 선에서 서로 존중한다. 한 명의 리더에 의해 움직이는 집단이 아니라 다중에 의해 각자의 판단기준을 가지고 행동한다. 내가 속한 베이비붐 세대가 건넜던 강을 그들에게 강요할 수 없다. 그들에게는 그들만의 새로운 강이 놓여 있다. 지금은 과거 교실에 적혀 있던 '근면, 성실, 정직'의 시대가 아니다. 21세기는 모두가 주체가 되는 '상호주관성'과 '존중'의 시대다.

선불리 청년세대를 가르치려고 하지 말라. 가르친다는 것은 단지 희망에 관해 이야기를 할 때뿐이어야 한다. 청년세대들이 새로운 사회를 이끌도록 적극 도와주는 것이 기성세대가 할 일이다.

자기 앞의 생을 살아라

나는 생각한다. 고로 나는 존재한다, 과연 그러한가?

오랜 시간 나를 지배했던 르네 데카르트Rene Descartes의 400년 전 명제가 이제는 더 이상 진리로 받아들여지지 않는다. 이유가 무엇일까? 세상이 합리성과 이성적 사고만을 강조하는 것에 대한 비판적인 시각이 대두되며, 그것만이 아름다움을 정의할 수 없다는 인식이 확산되었기 때문이다. 몇 달 전, 정신장애에 관한 책의 서문을 요청받았을 때 나는 이렇게 썼다.

데카르트의 명제를 비틀어 본다. 400년 전에도 그는 틀렸고, 21세기에도 틀렸다. 나는 당연히 나다.

광기와 이성의 구분이 없는 나를 생각한다. 그렇게 매일 나는 실존하며 살아간다.

미쳤다는 것에 대한 정체성을 다룬 책이었다. 정신장애를 앓는 사람들을 사십 년 가까이 만나온 경험에 비추어 이성이 광기를 결코 배제할 수 없다고 글을 남겼다.

서론이 너무 길었다. 아마도 기성세대 입장에서 청년세대를 어떻게 이해할 것인가에 대한 걱정이 앞섰기 때문이리라. 세 아이의 아버지로 살아오면서 그들의 삶이 바뀌어 가는 것을 지켜보았다. 어느덧 꿈을 꾸듯 시간이 훌쩍 지나가 버렸다. 생각보다 인생은 짧다.

청년기는 기성세대의 눈으로 바라볼 때 누구나 정상적이지 않다. 질풍노도의 시간. 나를 가로막는 모든 것을 부숴버리고 싶은 충동. 불확실한 미래에 대한 두려움. 솟구치는 욕망. 삶의 에너지가 매일 분출되지만, 죽음의 에너지는 부정되는 시기. 하지만 광기는 청년세대만의 특권이다.

1964년 2월 7일을 기억하는가? 20살 남짓의 영국 청년 네 명이 영국을 정복한 후, 미국 공연을 시작한 날이다. 비틀즈Beatles의 미국 공연에 대해 뉴욕 타임스는 '미국 공습'이라는 헤드라인으로 보도했다. 광기 없이는 벌어지지 않을 현상이었다. 어디 그뿐이랴. 비틀즈 이후 50년이 지나 7명의 한국 청년들이 전 세계를 정복했다. 구글링을 해보면 'BTS' 한 단어에 10억 개의 웹뷰가 뜬다. 나는 광기가 인간다움을 입증하는 유일한 증거라고 생각한다. 무의식을 눈으로 확인할 수 있다면, 그것은 오직 광기 하나뿐일 것이다.

청년 시절 나는 문학청년이었고, 미래학자들이 예견한 불확실성에 좌절했다. 욕망은 들끓었지만, 현실을 제대로 받아들이지 못했다. 의과대학을 두 번이나 그만두려고 했고, 임상에서 환자들을 만나기 전까지 의학에 대한 불신이 가득했다. 선배들의 말도 잘 듣지 않았고, 의료계의 권위적 분위기에 적응하기 어려웠다. 나 역시 흔들리는 청년의 시기를 보냈다. 모든 것이 불안했고, 미래에 대한 확신이 없었다.

오늘을 살아가는 청년세대에 딱히 이렇게 하라 말할 것은 없다. 우리 모두는 자기 앞의 생을 살아가는 것이기에 누구의 조언도 적절하지 않다.

이데아를 좇는 플라톤Platon의 망령에서도 이제는 벗어나야 한다. 나 자신은 물론이고, 자식들에게 바라는 것도 제대로 이루어지지 않는 것이 인생이라는 평범한 진리를

리를 받아들이는데 60년의 경험이 필요했다. 그렇게 아버지가 되었다.

Epilogue

유리창

이제
떠나갈 것은 떠나게 하고
남을 것은 남게 하자

혼자서 맞이하는 저녁과
혼자서 바라보는 들판을
두려워하지 말자

아, 그렇다
할 수만 있다면
나뭇잎 떨어진 빈 나뭇가지에
까마귀 한 마리라도 불러
가슴속에 기르자

이제
지나온 그림자를 지우지 못해 안달하지도 말고
다가올 날의 해 짧음을 아쉬워하지도 말자.

사랑하는 아들과 딸에게

어느덧 부쩍 자라서 청년기에 접어든 아이들에게 편지를 쓴 적이 있었다. 몇 대목을 지금 읽어보면, 아버지로서의 불안한 마음이 보인다. 하지만 이제는 그들을 떠나보낼 시간이다.

첫 글은 공부하러 떠나는 큰아들에게 쓴 편지의 한 구절이다.

멀리 떠나는 너를 보며 이제 하나의 섬이 되어간다는 생각을 한다. 지리산 종주를 함께 할 때 섬처럼 떠 있던 반야봉을 기억하니? 온몸이 녹아내릴 고통 속에 바라본 지리산 구름바다에 고고하게 떠 있던 둥그스름한 봉우리 말이다. 장 그르니에의 '섬'이 생각나던 순간이었다.

아들아. 이 세상은 온통 모순으로 가득하지만 그 모든 것이 실타래처럼 서로 연결되어 있단다. 언제나 소통하며 살아야 한다는 명제를 잊지 말고 너 자신을 사랑하고 그 힘으로 남들을 포용하고 함께 살아가기 바란다. 새삼 네가 하고 싶은 공부를 하게 된 것을 축하한다.

2007년 5월

두 번째 글은 소설가 이청준의 단편소설 <눈길>을 읽고 둘째 아들에게 보낸 편지 몇 구절이다.

〈눈길〉은 이청준 선생에게나, 아빠에게나, 고향을 잃어버리고 사는 사람들 모두에게 죄책감과 향수, 부끄러움과 그리움을 자아내는 빼어난 작품이란다.

부모를 떠나 독립하게 되는 과정을 겪은 많은 사람은 깨닫게 되는 것이 하나 있단다. 세상의 한恨은 살아가는 자들의 것이고, 살아가다 보면 다시 한이 쌓이게 된다는 것이지. 또다시 그 한恨은 세대를 건너 내려가고, 용서와 화해라는 세상의 공식에 따라 사람들에게 전해지는 것이란다.

불쑥 커버린 너를 이제서야 발견하며 이 편지를 전한다. 너를 위한 인생을 힘차게 살고, '눈길'을 되돌아보지 말며, 너의 아들과 딸에게 다시 그 '눈길'의 발자국을 남겨주는 일을 잊지 말아라. 언제나 아빠와 엄마는 너를 사랑한단다.

2008년 9월

마지막 글은 막내딸에게 보낸 편지의 몇 구절이다.

너를 보며 우리나라의 미래에 희망이 있음을 느낀단다. 남아 선호 사상이 이제는 줄어들고 있고 국제화 시대에 맞는 교육제도의 발전 또한 우리의 장점이 될 수 있단다. 영어가 문제가 아니라 어느 말이든 생각하는 힘이 중요하다는 것을 알게 될 거야.

사랑하는 내 딸아, 너에게 보낸 이메일에 항상 아빠가 그런 말을 썼었지. 사람을 사랑하고 자신을 존중하듯이 남을 존중하는 사람이 되기를 바란다고. 세상을 바꾸기가 무엇보다 어려운 일이지만 네가 배우고 익히는 공부가 세상을 이롭게 하는 데 쓰이기를 바란단다. 언제 어디서 무엇을 공부하든 세상과 상대하는 너의 모습을 그려본다. 파이팅!

2007년 크리스마스 이브에

사랑하는 아빠가

거울에 비친 사람

나는 25년 동안 같은 집에 살고 있다. 아내와 부모님, 그리고 세 아이까지 모두 7명이 함께 살았다. 또한 찰리와 초코라 부르던 두 마리 반려견도 있었다. 어느 날 문득 텅 빈 공간을 느끼며 돌아보니 아버지가 양치질하던 세면대 앞에 내가 서 있었다. 순간 내 얼굴 위로 아버지 얼굴이 겹쳐 보였다. 내가 아버지가 된 것이다. 아버지의 느린 동작이 떠올랐다. 내 동작도 그보다 더 빠르지 않을 것이다.

그 많던 가족들은 다 어디로 갔을까. 부모님이 돌아가시고, 세 아이는 청년이 되어 이곳을 떠났다. 집을 떠들썩하게 만들던 반려견들도 저세상으로 간 지 오래다. 아내

마저 지방에 내려가 있으니, 평일 아침 혼자 잠에서 깨어나 거울 앞에 선다.

그 많던 가족들과 함께 살던 공간이 이제 나 혼자 남은 장소가 된 것이다. 홀로 되기까지 그간의 긴 이야기들이 집안 곳곳에 흔적으로 남겨져 있다. 나만 여전히 이곳에 남아 양치질을 한다. 내가 혼자라는 사실을 깨닫는 데 25년이 걸린 것이다. 세 아이들은 이제 청년이 되어 각자의 방식으로 세상을 살아가고 있다. 그들로부터 나와 아내는 매번 새로운 것들을 배운다.

강물이 흘러가듯 시간도 흘러간다. 아니, 내가 흐르는 시간을 향해 다가가는 것일지도 모른다. 고집 피우지 않으려고 부단히 애를 쓰지만 가끔 마찰도 생긴다. 그들이 옳고 그르다는 판단을 해서는 안 된다고 다짐하면서도 내 주장을 굽히지 않을 때도 많다. 시간이 또 필요하리라. 여전히 나는 나의 삶을 살고, 그들은 그들의 삶을 살 것이다.

유리창은 '바람의 눈'을 의미한다. 바람이 부딪히는 것을 바라보는 곳이다. 그들이 건너는 강을 오늘도 나는 먼발치에서 바라볼 것이다. 세상의 온갖 기쁨과 슬픔이 이마 위로 스쳐 지나간다. 하늘은 맑고 해는 빛난다. 봄이 오고 있다.

시가 내 마음에 들어오면

초판 1쇄 발행 2024년 6월 20일
초판 2쇄 발행 2024년 6월 26일

지은이 이영문
펴낸이 하인숙

기획총괄 김현종
책임편집 은현희
디자인 STUDIO BEAR

펴낸곳 더블북
출판등록 2009년 4월 13일 제2022-000052호
주소 서울시 양천구 목동서로 77 현대월드타워 1713호
전화 02-2061-0765 팩스 02-2061-0766
블로그 https://blog.naver.com/doublebook
인스타그램 @doublebook_pub
포스트 post.naver.com/doublebook
페이스북 www.facebook.com/doublebook1
이메일 doublebook@naver.com

ISBN 979-11-93153-21-5 (03810)